KB125144

마지막으로 할 만한
멋진 일

THE ONLY NEAT THING TO DO

마지막으로 할 만한 멋진 일

YA
04

제임스 팁트리 주니어 소설

신해경 옮김

THE ONLY NEAT THING TO DO

아작

1

우주 영웅들이여! 별밭 탐험가들이여!

여기 독자 여러분이 풀어야 할 문제가 있다.

아이가 하나 있다고 치자. 노란 머리, 납작한 코에 주근깨, 사람을 빤히 쳐다보는 초록색 눈, 있는 집 자식에다 여자애, 열다섯 살. 아이는 홀로그램 단추를 누를 줄 알게 된 때부터 줄곧 외계 종족과 최초로 접촉했던 우주 영웅들과, 먼 별을 발견한 우주탐험가들과, 개화하는 인류의 우주 시대를 수놓은 위대한 이름들을 꿈꾸었다.

아이는 역대 디스커버리 탐사대원들의 이름을 낱낱이 댈 수 있다. 아이는 우주연방 지도를 상당히 정확하게 그릴 줄 알고, 변경 기지들을 줄줄이 열거할 수도 있다. 지금껏 확인된 50여 종족 각각을 누가 제일 먼저 접촉했는지도 안다. 그리고 겨우 열여섯 살이었던 소년 '한루한'이 거문고자리 91번 베타 별에서 외계인의 화염 공격을 뚫고 함장과 조종사를 구하기 위해 달려 나갈 때 남긴 마지막 말도 낱낱이 알고 있다.

아이는 수학도 좀 한다. 이 애한테는 식은 죽 먹기다. 그리고 아이는 우주공항에서 얼쩡거리면서 말을 받아주는 사람이면 누구와도 친구가 되어 우주선에 태워달라고 조르곤 했고, 열네 가지 모델의 우주선을 조종할 줄 알았다. 아이는 늦게 꽃피는 유형인데, 말인즉슨 가슴에 달린 작고 덜 여문 것 탓에 거의 사내애로 통할 수 있다는 뜻이며, 신체적 욕구가 있긴 했지만, 아이에게 사랑이란, 그 위대하다는 사랑이란 그저 어른들이 하는 별 의미 없는 짓에 불과했다. 하지만 아이는 청소년용 우주복을 70초 만에 안전고리까지 다 채워가며 입을 수 있다.

이제 여러분은 이 여자애, 정식 이름은 '코아틸리아 캐나다 캐스'지만 다들 그냥 '코아티'라 부르는, 이 코아티 캐스를 좀 알게 됐을 것이다.

그리고 이 애가 열여섯 번째 생일 선물로 작고 튼튼한 소형 우주선을 받았다고 가정해보자.

자, 여기서 문제다.

아이는 그 우주선을 타고 어머니의 바람대로 별들이 북적대는 고향 행성 주변을 기웃거리면서 학급 친구들이나 가족의 지인들을 찾아다닐까? 그러다 가끔은 아버지의 염려대로 중력 소용돌이 근처를 운행하며 용기를 과시하고?

그럴까? 정말로?

아니면, 곧장 제일 가까운 우주선정비소로 달려가 신용잔고를 바닥까지 닥닥 긁어서 소형 우주선에 연료탱크와 광대역 탐사 장비들을 추가 장착하고, 연료탱크가 거의 넘칠 때까지 연료를 꽉꽉 채운 다음, 가족 계좌를 관리하는 회계사가 의문을 제기하기 전에, 미지의 우주와 별들을 직접 볼 수 있는 가장 가까운 연방 경계인 900번 기지 너머 북부 대분열대까지 냅다 달릴까?

*

900번 연방 기지 사령관이 전망용 복도 저쪽에서 까딱거리는 노란 머리를 보았다.

"저 애 부모한테 수신자부담으로 C스킵 연락을 넣어야 할 거 같아." 사령관이 중얼거렸다. "그 정도는 감당할 만한 부자인 거 같으니까."

"무슨 근거로 말입니까?" 부관이 물었다.

둘은 꼿꼿이 머리를 세운 작은 형체가 총총히 걸어가는 것을 지켜보았다. 사람들 사이로 키 큰 초계함 함장이 지나갔다. 아이가 고개를 돌려 함장을 쳐다보았다. 여성 특유의 감상하는 눈빛이 아니라 자기가 뭘 하는 줄도 모른 채 눈이 휘둥그레진 어린아이 같은 동경의 눈빛이었다. 그러고 아이는 공항 너머에 펼쳐진 아찔하게 빛나는 전망으로 시선을 돌렸다. 900번 기지가 들어앉은 소행성의 이쪽 면에서는 대분열대 끝이 바로 보였다.

"감이지. 저 애가 조만간 터질 폭탄이 틀림없다는 감." 사령관이 침통하게 말했다. "저 애 말이 곧이곧대로 믿기지도 않고 말이야. 아, 신원정보는 다 정확해. 저 우주선이 저 애 소유인 것도 확실하고, 저 애가 조종법과 비행규정을 아는 것도 분명해. 그리고 저 애한테는 어디든 가고 싶은 곳에 갈 권리가 있지, 이틀쯤은 말이야. 하지만 그저 미지의 별을 본답시고 여기서 어정거리는 걸 저 애 부모가 동의했다고는 믿을 수 없다니까. 만약 동의했다면, 그 부모야말로 보증된 얼간이들이겠지. 저 애가 내 딸이라면…."

사령관이 말꼬리를 흐렸다. 물론 자신이 과도하게 감정적으로 반응하고 있다는 건 알았다. 저 애 부모에게 연락할 정당한 이유는 없었다.

"동의를 해줬겠죠." 부관이 위로하듯 말했다. "저 추가 연료탱크와 광대역 장비들 보세요. 부모가 달아준 게 틀림없잖아요."

(사실 코아티는 거짓말을 하지 않았다. 아이는 사

령관에게 자기가 여기 오는 걸 부모님이 반대하지 않았다고 말했다. 정말이었다. 부모님은 그런 일은 꿈도 꾸지 못했으니까. 아이는 천진하게 덧붙였다. "제가 장거리 여행을 한 뒤에 확실히 집으로 돌아갈 수 있도록 제 우주선에 달아주신 저 추가 연료탱크들 보이시죠? 아 참, 아저씨, 제가 제 우주선에 '코카 1호'라는 이름을 붙였는데, 너무 공식적으로 들릴까요?")

사령관이 회의적인 어조로 뭔가를 툴툴거리며 주의를 돌린 후, 둘은 초계함 함장이 기다리는 사무실로 돌아갔다. 900번 연방 기지에서 가장 유능한 보급팀이 귀환 시한을 한참 넘기고도 돌아오지 않아 이제 공식 실종 선언을 하고 수색대를 꾸려 수색에 나서야 할 참이었다.

코아티 캐스는 외부에 접한 기지 바깥쪽 구역들을 거쳐 연료 보급소로 향했다. 변방 지역 출입 허가증과 홀로그램 항해도를 얻으려면 이 기지에 들러야 했다. 이왕 온 김에 연료탱크도 꽉꽉 채울 참이었다. 항해도만 아니라면, 혹시라도 누가 막아 나서지 않을까 걱정한 아이는 기지에 들르느니 그냥 쉬지 않고 가는 위험한 방안을 택했을 것이다. 하지만 이제 출입 허가증도 받았겠다, 아이는 처음 와본 매혹적인 변방 연방 기지 탐방을 즐기고 있었다. 단, 그토록 오래 꿈꿔온 자신의 진짜 목표, 자유와 아무도 탐험하지 않은 우주와, 이름 없이 감춰진 별들을 향한 출발이 늦어지지 않는 선에서.

변방 기지는 매력적이었다. 연방은 변방 기지가 근무하기에 쾌적해야 하고 건전한 정신을 유지하고 고양하는 데에도 도움이 되어야 한다는 걸 아주 힘들게 배웠다. 그래서 먼 곳에 있을수록, 이동 거리가 멀면 멀수록 기지는 더 사치스럽게 지어지고 관리되었다. 900번 기지 대부분이 긴 궤도를 도는 크고 대기 없는 바윗덩어리 내부에 들어앉았지만, 이곳엔 세상에서 제일 부유한 사람조차 부러워할 정원과 연못들이 있었다.

코아티는 최신 공연과 음악회를 광고하는 소극장 안내판을 보았다. 기지 인력들에게는 모두 공짜였다. 아이는 또 이국적인 소형 식당 여섯 군데를 지났다. 지도를 보면 기지 내부에는 스포츠 경기장과 댄스장, 널찍한 개인 주거 공간들과 꼬불꼬불 이어지는 복도들이 있었다. 곳곳에 식물이 자랐고, 사방이 하나같이 근사하게 장식되었다. 매일 업무 장소를 오가는 경로가 다양하고 친근할수록 기지 인력들의 스트레스가 감소한다는 사실이 밝혀졌기 때문이었다.

변방 기지를 건설하는 일은 연방이 가진 모든 역량을 필요로 하는 일이었다. 무엇보다도 변방 기지는 대체할 수 없는 연방의 자원인 사람을 보호해야 했다. 여기 900번 연방 기지에 있는 사람들은 대부분 인간이었다. 인간 외에 우주여행을 할 수 있는 다른 네 종족이 연방 남쪽과 동쪽에 집중돼 있기 때문이었다. 이처럼 외진 북방에서야 볼 수 있는 종족이 뻔했다. 외계인이라곤 딱 한 쌍이 눈에 띄었다. 둘 다 스웨인족이었다. 녹색을 띤 그들의 외골격은 다른 우주공항에서도 많이 봐서 익숙했다. 여기서 진짜로 색다른 외계인들을 볼 일은 없을 것이다.

하지만 저 대분열대 가장자리에는 무엇이, 누가

살고 있을까? 더 먼 미지의 공간인 대분열대 끝자락은 말할 것도 없고 말이다. 코아티는 연료와 필수품을 파는 곳에 들어서기 전에 걸음을 멈추고 마지막으로 한 번 더 먼 미지의 공간을 둘러보았다. 이 공항에서는 북방 천정을 따라 누운 불규칙한 이상한 검은 구름 같은 대분열대가 진짜로 보였다.

물론 대분열대에 빛이 전혀 없지는 않다. 대분열대란 그저 상대적으로 별이 적게 분포하는 특정한 구역일 뿐이었다. 과학자들은 그걸 대단한 수수께끼라고 여기지도 않았다. 항성 밀도 분포에서 볼 수 있는 정상적인 파형의 일부 또는 변칙으로서, 사이에 틈이 있는 은하 팔들을 생성하는 기울기와 같은 기울기의 길 잃은 덩어리일 뿐이었다. 거주민이 없는 다른 먼 우주에서도 많은 분열대들을 볼 수 있다. 이 분열대는 그저 어쩌다 보니 불규칙한 구체를 닮은 연방 우주에서 쓰기 편리한 북방 경계가 되었을 뿐이다.

탐험가들이 대분열대 곳곳을 통과해 먼 반대편에서 다시 통상적인 항성 밀도가 나타난다는 사실을 밝혀냈다. 거기서 가능성이 있어 보이는 행성 몇 개가 목격되기도 했다. 한 번인가 두 번은 제일 먼 구역에서 외계 전파인 듯한 것이 잡히기도 했다. 하지만 저편에서는 어느 것도, 어느 누구도 오지 않았고, 남쪽과 동쪽으로 천천히 팽창하고 있는 50개 종족 연방은 애써 새로운 '첫 번째 접촉'을 찾아다니지 않아도 될 만큼 이미 처리해야 할 일이 많았다. 그래서 이 대분열대는 거의 손대지 않고 남겨졌다. 코아티가 연방 중심쯤에 위치한 고향 별과 고향 행성인 '카이만 항구'에서 이처럼 빨리 진짜 변경에 닿을 수 있었던 것도 이 대분열대가 가까운 곳에 있었기 때문이었다.

코아티는 그 광경에 마지막으로 열렬한 시선을 던지고는 고개를 숙이고 '우주복 복도'로 들어섰다. 코아티의 작은 우주복이 진짜 우주인들의 우주복 사이에 걸려 있었다. 아이는 거기서 소행성 표면으로 나가 나중에 들어온 커다란 정찰용 초계함 탓에 더욱 작아 보이는 코카 1호를 찾았다. 들뜨긴 했지만 아이는 훈련받은 대로 주의 깊게 정해진 선체 점검을 하고는 이윽고 우주선을 연료 보급소로 끌어가도록 예인 장치에 신호를 보냈다. 여기서 산소와 물, 그리고 표준형 휴대식량뿐이긴 하지만 먹을 것도 비축할 작정이었다. 비싼 것들만 잘 피하면 보급품을 넉넉히 챙길 수 있을 정도의 신용은 적립돼 있었다.

우주선이 연료 보급소로 들어가자 코아티는 다시 밖으로 나와 따로 연료탱크들을 하나씩 점검했다. 덩치 큰 여성인 연료 보급소장이 안면 보호판 너머로 혈색 좋은 장밋빛 얼굴을 빛내며 아이의 열의에 싱긋 웃음을 보냈다. 실제 작업을 하는 신참 연료 충전원이 줄줄이 달린 코아티의 추가 연료탱크를 보고 농을 걸었다.

"대분열대를 건널 참이에요?"

"다음번에는 어쩌면요…. 언젠가는 확실히 그럴 거예요." 아이도 마주 보고 싱긋 웃었다.

안내방송이 나왔다. 경쾌한 목소리가 '보급선 등록번호 914번 보코 호'에 공식적으로 실종 선고가 내려졌으며 1단계 수색작업이 시작될 예정이라고 알렸다. 근처를 오가는 모든 우주선은 '에이스 부두' 부근에서 마지막으로 목격된 그 표준형 보급선 수색에 협조해야 한다. 보급선은 탱크들을 줄줄이 달고 있어서 쉽게 알아볼 수 있다.

"아니, 정정합니다. 에이스 부두가 아닙니다. 보코 호가 마지막으로 구축한 보급소는 북위 17분 50초, 서경 15분 30초, 반경 18지점에 있는 행성에 있습니다." 안내방송이 되풀이해서 나왔다. "그 행성은 9B-Z 사분원에 있는 아주 먼 곳으로, 통신 범위 밖입니다. 보코 호는 북위 30분 20초, 서경 42분 28초, 반경 30지점에 있는 새로운 행성으로 향하던 중이었습니다. 이 경로와 가까운 곳을 지나는 모든 우주선은 매시간 정각에 1분간 전파 수색을 진행해주시기 바랍니다. 수신된 건 무엇이든 기지 구역으로 보내주셔야 합니다. 별도로 정찰선을 급파해 에이스 부두에서부터 보코 호의 경로를 추적할 예정입니다."

모든 좌표가 되풀이해서 방송되었다. 당장 태블릿이 없었던 코아티는 태블릿용 펜으로 팔뚝 안쪽에 실종된 보급선이 향하던 행성 좌표를 적었다.

"통신 범위를 넘어가면 보고는 어떻게 해요?" 아이가 연료 보급소장에게 물었다.

"통신관이라는 게 있어요. 아주 조그만 우주선 같은 거죠. 통신관은 C스킵 점프를 세 번 할 수 있어요. 통신 범위 바깥에서 일할 때는 착륙할 때마다 통신관을 보내게 돼 있어요. 그 사분원에도 곧 통신중계기가 설치되지 않을까 싶네요."

"914번 보급선 보코 호라면…." 연료 충전원이 말했다. "보니와 코예요. 그 둘은, 뭐냐, 그러니까 어쩐지 나사가 몇 개 빠진 것 같더라니, 그렇지 않아요?"

"보니와 코는 아무 문제 없어!" 연료 보급소장의 혈색이 더 짙어졌다. "그다지 영리하지 않을지는 모르겠지만, 자기 일은 100퍼센트 완벽하게 해내는 사람들이야. 그리고 둘 중 하나는, 어쩌면 둘 다 홀로그램 항해도 작성에 초인적인 능력이 있지. 그들이 일하던 사분원들의 항해도를 잘 찾아봐. '보코' 표시가 붙은 수정좌표가 얼마나 많은지.

그건 생명을 구하는 일이야! 그리고 둘은 단 일그램의 자존심이나 욕심도 내세우는 법이 없어. 그저 연방에 대한 충성심에서 월급만 받고 그 일을 한다니까."

연료 보급소장은 자기 말이 제대로 이해됐는지 확인하기 위해 코아티 쪽을 힐끔 보며 말의 속도를 늦추었다. "사령관이 순수 정기 보급 임무에서 그들을 빼서 새로운 북방 보급소를 설치하라고 보낸 이유가 그래서야…. 지금은 랜드 쌍둥이가 근거리 보급 임무를 맡고 있지. 그들이라면 자기들 음악으로 지루함을 견딜 수 있을 테니까."

"죄송해요." 연료 충전원이 말했다. "저는 몰랐어요. 둘이 그런 말을 전혀 안 했으니까요."

"그렇지. 둘은 그런 얘기 안 해." 연료 보급소장이 씩 웃었다. "거기, 손님, 그 작은 가방에 더 담아갈 생각이 아니라면 연료가 다 찬 것 같군요. 자, 식량은 어때요?"

코아티는 기지 안으로 돌아와 마지막 설명을 듣기 위해 항해도실에 갔다가 연료 보급소장의 말이 무슨 뜻인지 알게 되었다. 900번 연방 기지가 관할하는 구역의 가장자리에 해당하는 홀로그램 항해도마다 조그맣게 빛을 발하는 '보코' 표시가 붙은 수정사항들이 표시돼 있었다. 뭐라고 했더라? 아, 보니와 코. 항해도에서 상세 내역이 많이 표시된 구역들을 이으면 길게 원호를 그리는 둘의 항해 궤적들을 거의 그려볼 수 있을 정도였다.

먼지구름들, 중력이상 지점들, 소행성 무리들, 여러 행성계에 표시된 추가 행성들, 모두 겸손한 '보코'의 것이었다. 기본 항해도들은 초기 탐험가들이 작업한 것들을 합성한 것이었다. '폰즈'라는 누군가는 20개 내지 30개 항성계에 커다란 서명을 휘갈겨 놓았고(보코가 그중 여섯 개를 수정했다), '엘' 하나와 'YBC'가 많이 보였으며, 코아티가 판독하지 못한 표식들이 더 있었다. 아이는 그들의 이름과 그들이 했던 모험들을 알고 싶었다.

"'SS'는 누구예요?" 코아티가 항해도 담당자에게 물었다.

"아, '마지막 전쟁'에 참전했던 퇴역군인인데 부

유한 노인이었죠. 기억에 의지해 지름길로 점프하다가 연료가 바닥나는 바람에 45표준일 동안 발이 묶여 있다 발견됐어요. 그때 좀 진정하고 나서는 친구들과 함께 항해도 작성하는 일로 소일하신 거예요. 성과도 나쁘지 않았죠. 한 곳에서 움직이지 못하는 부사장님치고는요. 'SS' 표시가 모두 이 지점을 중심으로 배치된 거 보이세요? 이 지점이 그 분이 앉아 있던 곳이죠. 그 지점에 가까이 갈 생각이라면 반경 정보에 오류가 있을 수 있다는 걸 기억해야 해요. 하지만 아직 어린데, 그처럼 멀리 갈 생각은 아니겠지요?"

"아, 뭐." 코아티는 얼버무렸다. 아이는 항해도 담당자가 사령관에게 보고할지도 모른다고 생각했다. "언젠가는, 아마도요. 저는 그냥, 그런 거 있잖아요, 항해도가 있으면 꿈꾸는 게 더 쉬워질 거 같은 거요."

항해도 담당자가 이해한다는 듯이 쿡쿡 웃더니 요금을 계산하기 시작했다. "여기서 많은 공상을 했겠군요."

"예." 항해도 담당자의 주의를 돌리기 위해 코아티가 물었다. "폰즈는 누구예요?"

"제가 오기 전에 있었던 사람이에요. 그 사람은 이쪽 먼 곳에서 지구와 정말 똑같은 행성을 발견했다는 소식을 전한 뒤에 실종됐어요." 항해도 담당자가 G0형 항성들이 일렬로 늘어선 북서쪽 가장자리를 가리켰다. "여기에 괜찮은 행성이 몇 개 있어요. 제일 먼 것은 '잃어버린 정착지'가 있던 곳이고요. 덧붙여 말하자면, 거긴 절대 가까이 가서는 안 될 곳이에요. 저렇게 멀리 나갈 일도 없겠지만요. 북위 35분 12초, 서경 30분 40초, 모두 900번 연방 기지 기준으로 반경 32지점, 즉 320억 킬로미터 떨어진 지점에 있어요. 저희는 '도'를 생략해요. 여기서 그건 상수거든요. 북위 89도, 서경 70도예요. 제가 이곳에 온 직후에 모종의 전염병이 돌아 정착지 사람들이 모조리 죽어버렸어요. 우리가 경고 위성들을 배치했죠. 자, 이제 목적지를 정해주세요. 거기까지는 무료로 항해도를 받으실 수 있어요. 나머지는 지불하셔야 하고요."

“추천할 만한 데 있으세요? 제 첫 여행지로요.”

“첫 여행지라… 저희가 제공하는 기점 경로를 타고 ‘에이스 부두’로 가는 건 어떨까요? 2기점, 3점프 경로예요. 깔끔한 곳이죠. 오두막과 민물 호수, 실험실들이 있고요. 거기 사는 사람은 없지만, 저희 기지에는 장기휴가 때마다 친구 둘과 함께 거기서 지내는 지질학자가 있어요. 가지고 계시는 탐사기구들로 마음껏 잔치를 벌여도 돼요. 거기서 들여다보는 건 뭐든 한 번도 연구된 적이 없는 것들이니까요. 그리고 요행히 뭔가 발견했다 싶을 때도 좋은 것이, 거긴 아슬아슬하게 통신 범위 안이거든요.”

“어떻게 통신 범위를 벗어난 장소들이 있을 수 있죠? 그런 얘기가 자꾸 들려서요.”

“대분열대 때문이에요. 밀도가 변하는 곳에서는 상대론적 효과가 발생하니까요. 아, 주파수는 잡을 수 있어요. 하지만 잡음이나 왜곡 요인은 어쩔 수 없죠. 어떤 사람들은 대분열대 안에 들어가면 진짜로 전자기기들이 고장 난다고 불평해요.”

"그 오두막에 묵는 데는 얼마나 들어요?"

"공짜예요. 자기 먹을 것과 소지품만 가져가면요. 공기와 물은 완벽해요."

"탐사기구를 쓰다 뭔가를 발견하면, 그걸 확인하러 다른 경로로 가보고 싶어질 수도 있을 거 같은데요."

"문제없어요. 돌아와서 항해도 요금을 다시 정산하면 됩니다. 하지만 돌아다니실 거라면 여기 소용돌이 상황을 늘 주시하셔야 합니다." 항해도 담당자가 스타일러스로 홀로그램에 보이는 '에이스 부두' 북쪽을 찔렀다. "이게 작은 놈들이 모인 건지, 아니면 엄청나게 큰 중력 소용돌이인지 아무도 몰라요. 그리고 꼭 기억해야 해요. 홀로그램들은 서로 딱 맞아떨어지지 않아요." 담당자가 두 번째 항해도를 첫 번째 화면 위에 겹쳤다. 항성 몇 개의 위치가 어긋나 두 개로 보였다.

"알았어요. 그러면 저는 두 눈 똑바로 뜨고 실종된 그 보코 호를 찾는 전파 수색을 할게요."

"그래요…." 항해도 담당자가 총액을 계산하자

코아티의 신용잔고가 바닥을 칠 만한 액수가 나왔다. "그들은 곧 나타날 거예요. 어디로 마구 돌아다닐 사람들이 아니니까… 됐다, 여기 있습니다."

코아티가 지불용 칩을 내밀었다. "거래 완료." 아이가 싱긋 웃었다. "아슬아슬했어요."

여전히 우주복을 입은 채 항해도 카세트들이 든 주머니를 끌면서 코아티는 중앙 복도의 거대한 조망용 창으로 보이는 바깥 광경을 마지막으로 구경했다. 결정을 내려야 했다. 사실 결정할 건 두 가지였는데, 지금 급한 건 재미없는 쪽이었다. 부모님과 관련해서 뭔가를 해야 했다. 그것도 통신을 확인하는 사람 아무한테도 자기 위치를 드러내지 않고서. 분명 부모님은 지금쯤 집 주변의 모든 구역에 신호를 보냈을 것이다. 코아티는 속으로 움츠러들었다가, 좋은 생각을 떠올렸다. 카이만 항구 근처 행성에 사는 언니는 수십 번 스킵을 한 수신자부담 연락이라도 흔쾌히 받을 수 있을 만큼 신용이 빵빵한 사람이랑 결혼했지. 게다가 논리적으로 그럴듯하기도 해. 좋았어!

통신실은 문 하나를 건너뛴 옆방이었다.

"걱정 안 하셔도 돼요." 코아티가 파울러라는 이름의 여성에게 말했다. "형부가 그 행성 은행가예요. 옆에 있는 그 엄청나게 큰 천체력에서 확인해보셔도 돼요. 자벨로, 헌터 자벨로라는 이름이에요."

파울러가 조심스럽게 아이의 말을 따랐다. '왕자들 항구' 편에서 찾아낸 내용이 아이가 한 말 그대로였다. 간간이 스타일러스를 빨아가며 코아티는 썼다.

'사랑하는 언니야, 내가 뭘 했게? 나, 900번 연방 기지에 왔어. 여기 굉장해. 좀 돌아보고 집에 가는 길에 언니한테 들를게. 엄마와 아빠한테 다 괜찮다고, 우주선이 꿈결처럼 난다고, 정말 정말 고맙다고 전해줘. 코아티로부터.'

됐다! 이 정도 문구라면 누구한테도 의심을 사지 않고 제 역할을 해낼 것이다. 아빠가 900번 연방 기지에 연락할 때쯤이면, 그러실지 어떨지는 모르겠지만, 나는 이미 떠난 지 한참 됐을 것이다.

자 그럼, 코아티는 혼잣말을 하며 바깥 공항으

로 향했다. 이제 결정해야 할 큰 문제가 남았다. 진짜 어디로 가지?

음, 항해도 담당자 말대로 에이스 부두로 가서 이런저런 하늘도 관찰하고 다음 여행 계획도 세우면서 즐겁게 지낼 수도 있겠지. 아이는 우주의 광대함과 미지의 세계가 주는 서늘한 느낌에 아주 약간 압도되었다. 항해도에 등록되지 않은 중력 소용돌이에 갇히면 어떻게 될까? 아이는 딱 한 번 중력 소용돌이에 갇힌 적이 있는데, 다행히 작은 것이었고 그때 우주선을 몰던 조종사 실력이 아주 출중했었다. (그것도 아이가 부모님께 얘기하지 않은 비행 중 하나였다.) 이번엔 에이스 부두로 만족할 수도 있겠지. 다음 기회라는 게 있으니까.

하지만 다른 한편으로 보자면, 나는 지금 이곳에 있고 모든 조건도 갖춰져 있다. 그리고 다음에 시도하려 할 때는 부모님이 반대하고 나설 수도 있다. 할 수 있을 때, 할 수 있는 일을 몽땅 하는 편이 낫지 않을까?

음, 예를 들자면, 어떤 일이 있을까?

항해도 담당자가 저 G0형 항성들에 관해 얘기할 때 코아티는 솔깃했었다. 게다가 그 항성 중 하나가 보니와 코라는 그 불쌍한 실종자들이 향하던 곳이었다. 팔목 안쪽에 좌표도 적어놨다. 내가 그들을 찾으면 어떻게 될까! 아니면, 근사한 지구형 행성을 찾아서 직접 이름을 붙이면?

코아티가 밖으로 나가는 경사로 가장자리로 뛰어가는 사이에 저울이, 사실은 진짜로 팽팽했던 적도 없었던 저울이 결정적으로 노란 G0형 항성들 쪽으로 기울어졌다.

그래도 아직 남은 신중함은 있어서, 최종 목표지가 어디가 됐든 첫 외계 비행은 검증되고 확인된 에이스 부두 경로여야 한다는 건 확실히 알았다. 첫 기점에서 천천히 상황을 다시 생각해보고 진짜로 결정을 내려도 될 것이다.

코카 1호는 연료 보급소에서 예인되어 나와 표준 추진 이륙장 한쪽에 정박해 있었다. 아이는 자기도 모르게 흥흥 콧노래를 부르며 우주선에 올라탔다. 이거야! 정말로, 정말로, 마침내, 나는 길을 나선다!

안전벨트를 고정하고 이륙을 준비하면서 코아티는 비상식량으로 사둔 간식거리를 꺼내 이로 봉투를 찢었다. 거의 파산상태라 기지에서는 뭘 사 먹을 수가 없었다. 경로를 설정하고 비행에 들어갈 때까지 소화시킬 시간이 있을 것이다. 코아티는 배가 부른 채로 동면에 들어가는 것을 끔찍하게 싫어했다. 분명 동면하는 동안 아무 일도 일어나지 않는다는 걸 알았고, 아기 때부터 동면에 익숙하기도 했지만, 이질적인 음식 덩어리가 거기 있다는 생각을 하면 늘 마음이 불편했다. 그게 자신의 일부가 되기 전에 정지상태에 들어가면 어쩌지? 그게 튀어나오겠다고 결심하면 어쩌지?

그래서 코아티는 컴퓨터에 홀로그램 항해도를 설치하면서, 900번 연방 기지를 저 멀리 아래로 떠나보내면서 우적우적 간식을 씹어먹었다. 기쁨에 찬 아이는 자기 인생에서 가장 현실적인 역사가 막 시작되려 한다는 걸 알았다. 전방 화상 화면에 보이는 어두운 대분열대와 낯선 별들의 광휘 한가운데에서 코아티는 '에이스 부두 기점 900-1'로 가는 경로 설정을 완료하고 우주선의 심장인 커다란 C스킵 추진기가 움직이는 소리를 들으며 냉각 작업을 시작했다. C스킵 항해 장치가 역중력장에 혼란을 일으키는, 아직도 완전히 밝혀지지 않은 기적을 통해 상대론적인 속도로 코카 1호와 자신을 목표 지점에 옮겨놓으려면 절대 영도에 가까운 온도까지 냉각되어야 했다.

선체를 통해 냉각 기능이 가동되는 딸각거리고 철컥거리는 소리가 들리자마자 코아티는 우주복을 걸어놓고 작은 동면 상자를 열어 발부터 머리까지 몸을 밀어 넣었다. 뚜껑을 닫을 때 기분은 마치 크리스마스 아침을 기대하며 잠자리에 드는 고대 지구의 아이가 된 느낌이었다. 동면 기술에 관련된 모든 이에게 감사해야지, 아이는 잠에 빠지며 생각했다. 그게 우리에게 별들을 주었어. 멀쩡히 깬 채로 살고 늙어가며 며칠 몇 개월 몇 년을 견뎌야 했던 저 용감한 첫 세대 탐험가들을 상상하면….

2

동면에서 깨어나며 힐끗 보기에는 주변 별들이 전혀 변하지 않은 것 같았다. 하지만 각성용 주사를 맞은 엉덩이를 문지르며 상자를 닫고 보니 대분열대가 다르게 보였다.

더 컸다. 그리고, 어라, 대분열대가 온통 우주선을 감쌌어! 검은 촉수들이 거의 우주선 꽁무니에 닿을 듯했다. 우주선은 대분열대로 돌출된 술 장식 같은 별밭 가운데에 있었다. 별이 거의 없는 곳으로 왔으니 당연하겠지만, 몇몇 타오르는 항성을 제외하면 주위 별밭이 희미해 보여! 아니면 뭐랄까,

아주 가까이에 있는 별 몇 개 말고는 중간 거리 별들이 있어야 할 곳이 완전히 텅 빈 것 같았다. 그 너머에 아주 먼, 희미한 별들의 태피스트리가 걸려 있을 뿐이었다.

우주선이 소음으로 가득 찼다. 완전히 정신을 차리고 보니 기점에서 보내는 신호와 우주선의 '질량 접근 경보기'가 서로 짹짹거리며 야단법석을 떨고 있었다. 코아티는 둘을 진정시키고 기점의 위치를 확인하고는 그 주위를 도는 느린 궤도로 진입했다. 연방 기지와 마찬가지로 이 기점도 우주선을 안정화시킬 수 있을 만큼 강한 중력을 가진 거대한 소행성에 설치되었다.

아주 좋아. 에이스 부두로 가려면 그냥 '에이스 부두 기점 900-2' 좌표를 설정하고 다시 잠들면 된다. 하지만 저 노란 G0형 항성들을 보려면 지금 항해도에서 벗어나 그쪽으로 가는 두세 구간짜리 경로를 준비해야 한다.

방해하는 천체가 없다 하더라도 그냥 좌표를 찍어 넣고 그곳까지 쉬지 않고 곧장 날아갈 수는 없다. '스킵 항해 장치'는 강한 중력장 안으로 너무 깊이 들어가야 하거나 소행성 무리 또는 다른 여타의 우주 위험들을 만나면 작동을 멈추고 코아티를 깨우게 되어 있다. 그래서 코아티는 온갖 강력한 천체와 알려진 모든 문제로부터 정말로 멀리 떨어진 경로를 찾아내야 했다.

결정해야 하는데…. 하지만, 솔직해져. 이곳에 우주선을 안정시켰을 때 이미 결정을 한 것 아니야? 2번 기점의 좌표를 찍는 데는 그처럼 많은 시간이 필요치 않잖아! 그래, 뭔가 정말로 험한 곳으로 가야 해. 에이스 부두에 있는 오두막 따위에 가려고 여기 온 건 아니잖아? 저 미지의 노란 항성들… 그리고 어쩌면 실종자를 발견한다든가 하는 뭔가 유용한 일을 할 수 있을지도 몰라. 가능성이 희박한 일이긴 해. 그냥 한 걸음씩 천천히 가는 게 지금 할 수 있는 가장 멋진 일일지도 몰라. 일단은 에이스 부두로 가는 거지. 하지만 정말로 멋진 일은, 다시는 모험에 나서지 못하게 될 위험을 무릅쓰지 않고 지금껏 배운 모든 것을 지금 활용해보는 게 아닐까? 좋아, 가자!

이 와중에도 코아티는 카세트들을 끼워 넣고 그 G0형 항성들 쪽으로 차례대로 정렬하느라 바빴다. 항해도 담당자가 경고했듯이 항해도 가장자리들이 잘 들어맞지 않았다. 코아티가 홀로그램 하나를 장착하도록 만들어진 싸구려 항해도 틀에 홀로그램 두 개를 끼워 넣으려 애쓰고 있는데 질량 접근 경보기가 울렸다.

코아티는 우주선을 밑으로 이동시키거나 옆으로 비켜서 우주 바위를 피할 각오를 하고 흘끔 올려다보았다. 놀랍게도 틀림없이 사람의 손으로 만든 무언가가 눈앞에 있었다. 우주선인가? 그 물체는 점점 커졌지만 다가오는 속도에 비례할 만큼 커지지는 않았다. 저건 그냥 깔끔하게 지나가겠어. 하지만 대체 뭐지? 신화에나 나올 법한 아주 조그만 외계인들이 가득 찬 아주 조그만 우주선 그림이 머릿속에 떠올랐다.

저건 너무 작아. 뭐랄까, 손으로 집을 수도 있을 것 같아! 진지하게 생각해보지도 않고 코아티는 코카 1호의 방향을 돌려 그 물체와 나란히 진행하게 했다. 아이는 까다로운 미세 가속에 능숙했다. 코아티가 따라붙자 그 물체가 속도를 높이는 것 같았다. 경쟁심이 발동한 아이가 중얼거렸다. "아, 안 되지, 그럼 안 되지!" 그러고는 그다지 적당치 않아 보이는 조작용 팔을 뻗었다.

그러면서 아이는 그게 무엇인지 깨달았다. 하지만 너무 흥분해서 아무 생각도 할 수 없었다. 코아티는 우주 공간에서 깔끔하게 그것을 잡아챘고, 약간 애를 먹긴 했지만 무사히 화물용 감압실에 잡아넣고는 출입구를 닫고 공기를 채웠다.

통신관을 잡았다! 어딘가 알 수 없는 곳에서 보낸, 연방 기지로 가는 통신관이다. 자신과 마찬가지로 1번 기점에서 경로를 바꾸느라 천천히 움직이고 있었던 것이다. 내가 공식적인 범법행위를 저지른 것일까? 공적 통신에 간섭하면 뭔가 벌칙이 있는 걸까?

음, 이미 저지른 일, 마저 끝내야겠지. 만질 수 있을 정도로 통신관이 데워지려면 한참 시간이 걸릴 것이다. 그래서 코아티는 무슨 내용인지만 보고 다시 놔줄 생각으로 통신관이 데워지길 기다리며 항해도 작업을 계속했다. 이렇게 잠깐 잡아놓는다고 해서 크게 해가 되지는 않을 게 분명했다. 통신관을 쓰는 이유는 빨라서가 아니라 발신인들이 통신 범위 밖에 있기 때문이니까.

코아티는 통신관을 다시 추진시킬 수 있을지에 대해서도 걱정하지 않았다. 통에 사용법이 적힌 걸 보았기 때문이었다. 다른 모든 연방 우주 물품들과 마찬가지로 그 통도 위급 상황에 처한 아마추어들이 쓸 수 있도록 맞춰진 것이었다.

아이는 느긋하게 기다리지 못하고 항해도 일이 마무리되자마자 감압실로 가서 통신관을 꺼내왔다. 아직도 너무 차가워서 장갑을 끼어야 했다. 통에 달린 작은 뚜껑을 열자 금색 먼지구름이 퍼져 나왔고, 거기에 정신이 팔린 아이가 안에 든 카세트를 집어내려다 손목의 맨살을 금속통에 스치고 말았다. 아얏!

코아티는 심한 동상을 입은 게 아니기를 바라

면서 팔을 흘끗 보았다. 먼지가 묻은 것 같은 이상한 흔적 말고는 아무것도 없어 보였다. 붉어진 곳도 없었다. 하지만 팔뚝 안쪽에서 신경이 움찔거리는 게 느껴졌다. 웃기네! 코아티는 그곳을 문지르고는 좀 더 조심해서 카세트를 집어냈다. 표준형 카세트라 곧바로 우주선의 재생장치에 걸었다.

말하는 목소리가 너무 탁하고 희미해서 코아티는 다시 집중해서 들어보려고 카세트를 처음으로 돌렸다.

"여기는 보급정찰선 914 보코 호." 간신히 알아들었다. 아이는 그 식별번호를 알아차리고 흥분했다. 이런, 이건 그 실종된 우주선이잖아! 중요한 통신이었다. 즉시 이 통신관을 기지에 전달해야 한다. 하지만 나머지 내용을 들어본다고 해서 문제 될 건 없잖아?

카세트에서 흘러나오는 목소리가 북위 30분 20초, 서경 42분 28초, 반경 30지점에 새 보급소를 세웠다고 말했다. 예의 노란 항성들이 거느린 행성 중 하나였고, 좌표는 코아티의 손목에 적혀 있었다. “지구 환경과의 일치율 95퍼센트.” 목소리가 약간 분명해졌다.

카세트에 담긴 목소리가 이어서 연방 기지로 귀환하는 길에 같은 항성계에 속한 행성으로서 북위 18분 10초, 서경 28분 30초, 반경 30지점에서 발견된 환경이 지구와 아주 흡사한 또 다른 행성에 확인차 들를 예정이라고 말했다. “하지만…, 어….” 목소리가 멈췄다가 다시 이어졌다.

“북위 30분 20초 행성에서 뭔가 일이 있었습니다. 거기에 지적 생명체들이 있었습니다. 내 생각에는 우리가 어, 그러니까, ‘첫 번째 접촉’을 했다고 보고해야 할 것 같습니다. 그들은….”

갑자기 다른 목소리가 끼어들었다.

“우린 지침서를 그대로 따랐어! ‘첫 번째 접촉 지침서’ 말이야.”

“맞아.” 앞서의 목소리가 이어졌다. “지침서는 잘 먹혔습니다. 그들은 정말로 우호적이었고 심지어 은하어도 몇 마디 했습니다. 그리고 은하신호도. 하지만 그들은….”

“난파선, 난파선! 그거 말해줘.” 다른 목소리가 말했다.

“아. 음, 맞아. 거기 난파선이 있었습니다. 구형 모델로 진짜 오래된 거였어요. 구조 깃발은 못 봤는데, 그 위에 뭔가 커다란 게 자라고 있었거든요. 우리는 그게 폰즈의 우주선이라고 생각합니다. 그러니 첫 번째 접촉은 아마도 그의 것이겠죠….” 목소리가 눈에 띄게 풀이 죽었다. “그건 위에서 결정할 거고… 어쨌든, 거기 사람들이 해주는 일종의 처치 같은 게 있는데, 사람을 똑똑하게 만들어주는 약 같은 거예요. 이틀이 걸리는데, 엄청나게 많이 자게 됩니다. 그런 다음에 밖으로 내보내주는데, 모든 걸 이해할 수 있게 돼요. 정말로 모든 걸! 그건… 우린 한 번도 그런 걸 본 적이 없어요. 서로가 서로에게 얘기를 하는데 다들 이해한다니까요! 지금 우리가 얼마나 얘기를 잘하는지 알겠어요? 하지만 좀 웃겨…. 어쨌든, 그들이 평지 찾는 걸 도와주어서 우린 임시 연료 보급소를 아주 멋지게 세웠습니다. 우리는….”

"그들이 어떻게 생겼는지도!" 다른 목소리가 갑자기 소리쳤다. "우리는 신경 쓰지 마. 그들에 대해서 말해줘. 어떻게 생겼는지, 어떻게 사는지."

"아, 그래. 음. 그들은 크고 하얀 몸에 온통 털이나 있습니다. 그리고 다리가 여섯이고, 대체로는 뒤쪽 네 발로 걸어 다닙니다. 앞의 두 개는 팔 같은 것이고, 몸통이 깁니다. 마치 기다랗고 하얀 고양이 같아요. 크기도 하고요. 뭔가를 보려고 뒷발로 서면 우리보다 키가 큽니다. 그리고 그들은… " 여기서 목소리가 무슨 말을 해야 할지 모르겠다는 듯이 더듬거렸다. "그들은 두 개의, 어, 으, 은밀한 부위를 가진 것 같습니다. 내 말은, 두 벌이란 뜻입니다. 일부가요. 그리고 그들의 얼굴은…." 그제야 안도한 듯 말이 막힘없이 나왔다. "그들의 얼굴은 사나워 보입니다. 이빨은 또 어떻고요! 그들이 처음 우리를 보러 왔을 때는 상당히 두려웠어요. 그리고 눈도 큽니다. 일종의… 뭐랄까, 사람과 동물을 섞어놓은 것 같달까요. 고양이들 같았습니다. 하지만 그들은 우호적이었습니다. 우리가 보낸 신호를 그대로 돌려주길래 우주선 밖으로 나가봤는데, 그때 그들이 우리를 붙잡고는 머리를 우리에게 밀어붙였습니다. 그러더니 우리를 놔주었는데 뭔가 일이 잘못된 것처럼 행동했습니다. 우리는 그들 중 하나가 '폰즈'라는 말과 '래쉴리' 아니면 '레슬리' 비슷한 말을 하는 걸 들었습니다."

"레슬리는 예전에 폰즈와 같이 있었어, 내가 말해줬잖아." 두 번째 목소리가 말했다.

"맞아. 그러더니 그들이 다시 우리를 붙잡고 가만히 있더라고요. 그때 그 처치를 해준 것 같아요. 저는 뭔가가 제 몸속으로 들어왔다고 생각합니다. 여전히 목소리 같은 게 몸속에서 들려요. 코가 자기도 그렇다고 말했… 아, 그리고 어떤 섬에 어린 것들과 그들과는 다른 어떤 것들이 뛰어다니고 있었어요. 그들 말로는 처치를 받아야 자기들처럼 된대요. 그들은 어린 것들을 '드론'이라 불렀습니다. 그리고 나중에는 '이-아-드론'이 된다고 했어요. 우리가 얘기를 나눈 이들이 그 '이-아-드론'입니다. 좀 헷갈려요. '이-아'도 사람을 뜻하는 것 같은

데, 그들은 눈에 보이지 않아요." 보니가 틀림없을 그 목소리가 멈췄다. "이게 다야?" 코아티는 보니가 옆 사람에게 묻는 소리를 들었다.

"응. 그런 거 같아." 코일 게 분명한 다른 목소리가 대답했다. "이제 출발하는 게 좋겠어. 들를 곳이 한군데 더 있으니까…. 게다가 난 기분이 별로 좋지 않아. 집에 갔으면 좋겠어."

"나도 그래. 웃기지, 우린 정말 기분이 좋았는데. 음, 보급선 914 보코 호 통신 종료…. 지금까지 우리가 보낸 기록 중에서는 이게 제일 긴 것 같은데, 응? 아, 보내야 할 좌표 수정사항들이 좀 있어. 준비해줘."

좌표를 수정하는 웅웅거리는 소리가 한참 난 후에 녹음기록이 끝났다.

코아티는 생각에 잠긴 채 앉아서 내용을 정리해보았다. 그들이 새로운 종족과 접촉한 것이 확실한 듯했고, 그 새로운 종족은 우호적인 듯하다. 하지만 왠지 모르게 꺼림칙한 기분이 들었다. 코아티는 허겁지겁 달려가 커다랗고 하얀 다리 여섯 개

달린 존재를 만나서 '똑똑해지는 처치'를 받고 싶은 의향이 전혀 없었다. 보니와 코는 약간, 뭐랄까, 순진하다 싶었다. 어쩌면 그들은 어떤 식으로든 속아서 이용당한 걸까? 하지만 코아티로서는 그 이유나 목적을 짐작할 수 없었다. 한계 밖의 일이었다.

또 하나 확실한 것은 이 통신관이 최대한 빨리 기지에 가야 한다는 것이다. 보니와 코의 경로를 추적하는 우주선이 있다고 하지 않았었나? 그러면 그들은, 음, (코아티는 손목을 보았다.) 북위 30분 20초 어쩌고에 있는 고양이 행성에 가게 될 것이다. 아, 맙소사, 기지로 돌아가야 하나? 모험 계획을 접고 이걸 전달하러 돌아가야 해? 도대체 나는 어쩌다 이렇게 잘나서 남의 일을 끌어들이는 거지?

하지만 잠깐. 이게 긴급한 일이라면 기지에 연락해 내용을 읽어주는 방식으로 최악의 경우를 우회할 수 있다. 그러면 통신관 운행에 간섭했다고 뭐라고 그러지도 않을 테지! 아직 통신 범위 안에 있을지도 모른다.

코아티는 자동무선 장치를 켜고 900번 연방 기지를 호출하기 시작했다. 마침내 잡음에 섞여 거의 알아들을 수 없는 어떤 목소리가 응답했다. 코아티는 잡음제어기를 조작하여 목소리를 조금 더 선명하게 만들었다.

"900번 연방 기지, 여기는 에이스 부두 1번 기점에 있는 코카 1호다. 들립니까? 실종 우주선인 보급선 914호가 보낸 통신관을 도중에 입수했습니다. 보니와 코 말입니다." 코아티가 다시 한번 말했다. "들리세요?"

"코카 1호, 들립니다. 914 보코 호가 보낸 통신을 입수했다고요. 어떤 내용입니까?"

"읽어드리기에는 너무 길어요. 하지만 들어보세요, 중요한 얘기예요. 그 둘은 어느 행성으로 가고 있어요, 잠깐만요." 코아티가 테이프를 앞으로 돌려 좌표를 확인했다. "그 전에 둘이 북위 30분 20초, 음, 상세 좌표는 알고 계시죠? 그 행성에 머물렀어요. 거기에 지적 생명체들이 있어요! 첫 번째 접촉이 있었다고 저는 생각해요. 하지만 들어 봐요, 보니와 코가 뭔가 이상한 얘기를 했어요. 제 생각에는 전체 통신 기록을 받아보기 전엔 거기 가면 안 될 것 같아요. 통신관은 지금 바로 보낼게요."

"코카 1호, 내용 일부를 듣지 못했습니다. '북위 30분 20초에 있는 행성에서 첫 번째 접촉'이라고요?"

잡음 때문에 통신 담당자의 목소리가 갈라졌다. 코아티는 최대한 명료하게 소리쳤다. "맞아요! 그래요! 하지만 가지 마세요. 다시 말합니다. 보코 호의 원래 통신내용을 받아보기 전에는 거기, 가지, 마세요! 통신관을, 당장, 보낼게요. 들었어요?"

"정리하자면, '보코 호의 통신 내용을 받기 전에는 북위 30분 20초, 서경 42분 28초 위치에 있는 행성에 가지 말라. 통신관이 곧 올 것이다.' 맞습니까, 코카 1호?"

"맞아요. 제가 통신관을 제대로 조작할 수 없으면, 직접 가져갈게요. 코카 1호 통신 완료." 코아티는 한바탕 시끄럽게 울려대는 잡음 속에서 말을 마치고는 통신관을 제 길로 보내는 일에 집중하기 시작했다.

하지만 재생기에서 카세트를 꺼내기 전에 코아티는 보코 호가 마지막으로 향했던 행성의 좌표를 다시 확인했다. 북위 18분 10초, 서경 28분 30초, 반경 30. 그곳이 첫 번째 접촉이 있었던 행성보다 더 가까웠다. 맞아, 둘이 귀환하는 길에 거기 들른다고 했지. 코아티는 손목 안쪽에 적어놨던 고양이 행성의 좌표를 태블릿에 옮겨적고는 손목에다 새로운 좌표를 적었다. 보니와 코에 대한 수색작업을 돕고자 한다면 곧장 거기로 갈 수도 있다. 하지만 당연하게도 진짜로 마음을 정한 건 아니었다. 소매를 내리는데 팔이 아직도 좀 이상하게 느껴졌지만, 동상의 흔적은 어디에도 보이지 않았다. 두어 번 팔을 문지르자 그 이상한 느낌이 사라졌다.

"들떠서 바보가 됐군." 코아티가 중얼거렸다. 코아티는 혼자 있을 때 큰 소리로 혼잣말을 하는 아이 같은 버릇이 있었다. 스스로는 어릴 때 혼자 우주 장난감과 홀로그램을 가지고 즐겁게 논 적이 너무 많아서 그런 것 같다고 짐작할 뿐이었다.

통신관을 다시 제 길로 보내는 일은 허무할 정도로 간단했다. 코아티는 통신관에 붙은 노란 가루 같은 물질을 불어서 털어낸 다음 카세트를 다시 집어넣고 우주선 창 옆으로 내보냈다. 코아티는 그 작은 우주선이 900번 기지에서 방출하는 자동 유도 주파수를 찾아 천천히 회전하는 것을 홀린 듯이 지켜보았다. 그러다가 통신관이 마치 만족했다는 듯 점점 속도를 높이며 미끄러지듯 멀어지기 시작했다. 코아티도 알 수 있을 정도로, 통신관이 1번 기점에서 연방 기지까지 이어지는 마지막 구간에 돌입한 게 확실해 보였다. 쌈박해! 코아티는 그전에 통신관 같은 걸 들어본 적이 없었다. 이런 변방 구역에는 처음 보는 온갖 종류의 놀라운 기계장치들이 있을 게 틀림없었다.

통신관이 멀어지는 걸 보는데 죄책감 같은 것이 들었다. 기지 가까운 곳까지 돌아가서 그걸 다 읽어줘야 하지 않았을까? 실종된 사람들이 분초를 다투는 모종의 위험에 처해 있진 않을까? 하지만 그들의 목소리는 괜찮았고, 그저 약간 피곤해 보이는 정도였다. 그리고 코아티는 기착할 때마다 통신관을 보내는 게 그들의 일상 업무라는 걸 알았다. 또 저 좌표 수정내용에 중요한 게 있다고 해도 자기로서는 그걸 바로 읽어줄 수 없었을 것이다. 목이 쉬어버릴 테니까. 보니의 보고내용을 직접 듣는 게 나을 것이다.

코아티는 자세를 바로잡고 경로를 확인했다. 그리고 스스로에게 거짓말을 했다는 사실을 알았다. 실제로는 마음을 정했던 것이다. 보코 호가 향한 행성에 가서 그들을 찾을 수 있는지 시험해볼 거라고. 어쩌면 그들이 움직일 수 없을 만큼 아플 수도 있고, 혹은 또 다른 외계 종족을 찾았다가 뭔가 사건에 휘말렸을 수도 있다. 어쩌면 그들의 우주선에 문제가 생겼을 수도…. 그들이 늦는 데에는 수만 가지 이유가 있을 수 있겠지만, 어쩌면 코아티 자신이 도움이 될지도 모른다. 그리고 이제 코아티는 통신관을 행성 표면에서 바로 보낼 수 없다는 정도는 알게 되었다. 통신관은 대기권 밖에서만 발송할 수 있다. 그러니 보니와 코가 이륙할 수 없다면 구조 요청도 할 수 없을 터였다. 적어도 통신관으로는.

코아티는 홀로그램 항해도 작업을 하면서 이런 이유들을 반쯤 혼잣말로 중얼거렸다. 컴퓨터에 완전히 새로운 경로를 정의하고 표시하는 일은 생각보다 훨씬 손이 많이 가는 작업이었다. 학교에서 풀었던 문제들은 쉽고 더 정상적인 구역에 해당하는 것이었던 게 틀림없었다. "아, 세상에… 이거 또 지워야겠네. 저기에 소행성 경로가 있어. 살려줘! 이런 속도로는 이 기점을 절대 벗어나지 못할 거야. 모르긴 몰라도 탐험가들은 평생의 반을 항해도 설정하는 데 보냈을 거야!"

혼자 중얼거리는 와중에 코아티는 우주선 안에 뭔가 이상한 메아리 같은 게 들리는 걸 느꼈다. 아이는 주위를 둘러보았다. 선실이 반짝거리는 보급품 상자들로 꽉 차 있었다. "귀가 이상해졌나 봐." 아이가 중얼거렸다. 그래야만 했다. 하지만 아주 특이한 지연 현상 같은 게 있는 것 같았다. 예를 들어, 너무너무 작기는 했지만 분명하게 '살려줘!' 라는 소리가 들려서 코아티는 실제로 가까운 선반을 뒤지느라 몇 분을 허비하기도 했다. 앞서 변방기지에 들렀을 때 말하는 애완동물 같은 게 탔을 수도 있을까? 아, 불쌍한 것 같으니. 잡아다 동면시키지 않으면 죽어버릴 텐데.

하지만 그러고는 아무 소리도 들리지 않아서 코아티는 그냥 새로운 청각 반사 현상이었을 뿐이라는 결론을 내렸다. 그리고 마침내 북위 18분 10초에 있는 그 행성계로 가는 깔끔하고 안전한 3구간 경로를 도출해냈다. 전문가라면 더 짧고 우아한 2구간 경로를 찾아낼 수 있겠지만, 아이로서는 예상치 못한 방해물 때문에 동면 중에 깨어나는 위험을 감수하고 싶지 않았다. 그래서 코아티는 좌표가 확실한 적색왜성들과 간신히 보이는 다른 천체들을 따라가는 경로를 택했다. 코아티는 그 항해도들을 살아 있는 역사라고 생각했다. 집에서 보던, 모든 좌표가 1년에 몇백 번씩 확인되는 작자도 알 수 없는 홀로그램들과는 달랐다. 그런 항해도들은 관광지들만 알려주었다.

이 항해도들에는 옛 탐험가들의 진짜 손때가 묻어 있었다. 예를 들어, 그 폰즈라는 사람은 북위 30분 20초 행성에 착륙하다가 추락해 죽기 전에 그 노란 항성들로 가는 경로 주변을 엄청나게 오래 탐험했을 게 틀림없었다. 그런데 나는 지금 여기서 이렇게 빈둥거리고만 있다니. 아이는 경로가 표시된 카세트들을 순서대로 컴퓨터 장치에 쌓고는 버튼을 눌러 첫 번째 것을 실행시켰다. 마침내, 미지의 세상으로 출발이다!

코아티는 동면 상자를 준비하고 안으로 폴짝 뛰어들었다. 긴장을 풀고 누워 있는데 여전히 뭔가, 또는 누군가가 곁에 있는 듯한 이상한 느낌이 들었다. "어쩌면 내가 이제 우주탐험가들의 일원이 됐기 때문인지도 몰라." 코아티는 낭만적으로 혼잣말하고는 작은 '코카' 수정 표지가 붙은 미래의 항해도를 그려보았다. 하! 아이는 어둠 속에서 졸리면서도 근사한 기분이 들어 큰 소리로 웃었다. 코아티가 꿈도 없는 정지상태로 잠겨들 때 아이의 몸은 거의 장밋빛으로 보일 만큼 달아올랐다.

그렇게 코아티는 점프 우주선마다 달린 놀랍도록 작고 간단한 장치인 저속촬영기 덕분에 의식이 없는 상태로도 실종 걱정 없이 길도 없는 우주 공간 한복판으로 날아갈 수 있었다. 우주선 꼬리에 달린 저속촬영기는 끊임없이 찰깍거리며 우주선 뒤편의 별밭을 기록한다. 장면에 움직임이 있으면 기록 속도가 빨라지고 움직임이 없는 정체 상태면 기록 속도가 느려진다. 그래서 조종사가 왔던 경로를 되짚어가고 싶을 때는 적당한 카세트를 꺼내 길잡이 컴퓨터에 넣기만 하면 된다. 컴퓨터가 카세트에 기록된 별밭과 똑같은 장면이 나올 때까지 계속해서 귀로를 수색하므로, 다소 느릴 수는 있지만 우주선은 틀림없이 왔던 길로 되돌아가게 된다.

3

코아티는 동면에서 깨어나자마자 정말로 새로운 별밭을, 대분열대에서 뻗어 나온 아주 캄캄한 팔을 배경으로 사방에서 찬란하게 빛나는 노란색 항성들을 보려고 뛰쳐나갔다. 찾아보니 무리 중에서 제일 가까운 별의 위치가 계산했던 대로 북위 18분 10초였다! 그 항성의 근접 중력장 가장자리에서 스킵 드라이브가 저절로 멈추었다. 추진력에 의지하는 긴 비행이 될 터였다.

해가 솟는 것 같은 흥분이 몸속에 넘쳐흘렀다. 해냈다. 첫 솔로 점프다!

그리고 정신적인 기쁨과 같이 예의 그 신체적인 홍조 증상이 나타났다. 증상이 너무 강해서 코아티는 잠시 어리둥절해졌다. 글자 그대로 신체적인 거였다. 어떻게 보면 자위할 때 느끼는 흥분 같기도 했지만, 대체로 그럴 때 경험하게 되는 끈적거리고 몸에서 힘이 쭉 빠지는 그런 느낌은 없었다. 성적 긴장감을 완화하는 법을 알려줬던 체육 선생님은 그 부정적인 성질이 점차 사라질 거라고 말씀하셨지만, 코아티는 그런 걸 그다지 신경 쓰지 않았다. 이제 코아티는 자신의 증상이 선생님 말씀대로 순수한 정신적 흥분이 성적 욕구를 자극할 수 있음을 보여주는 사례라고 생각했다. "아, 꺼져." 코아티는 조급하게 중얼거렸다. 아이는 추진 드라이브를 구동시켜야 하고 행성들이 있을 만한 곳으로 우주선을 몰고 가야 했다.

우주선을 출발시키자마자 코아티는 그 경로가 맞는지 확인하기 위해 탐색 장비 쪽으로 고개를 돌렸다. 행성들이다. 됐다! 하나, 둘, 넷, 그리고 저기 있다! 멀리에서도 보이는 파랗고 하얀 행성! 보니와 코는 저 행성이 상당히 지구와 비슷하다는 판정이 나왔다고 했지. 그래 보여, 좋았어! 지구라고는 홀로그램밖에 본 적 없는 코아티였다. 그러다 잠시 저 행성이 지구와 유사하지 않은 부분은 무엇일까 궁금해졌다. 혹시 기후가 불규칙하거나 몇몇 주요 생명 형태들이 없는 거 아냐? 문제없어. 유사도가 75퍼센트만 넘으면 깨끗한 공기와 물이 존재하고, 사람이 보호장비 없이 살 수 있다는 의미니까. 우주선 밖으로 나가 아주 편안하게 주변을 살펴볼 수 있을 것이다. 새로운 세계를! 하지만 보니와 코는 벌써 저기에 갔을까?

행성 궤도로 들어가면 표준 수색 비행법으로 행성 주위를 돌아야 한다. 모든 연방 우주선에는 자신의 위치를 알려주는 레이더 반응 장치가 장착돼 있다.

하지만 코아티의 작은 우주선에는 연방 기준에 맞는 본격적인 수색 장비가 달려 있지 않았다. 맨눈을 이용할 수밖에 없으니 수색 범위를 아주 좁게 잡고 비행해야 한다. 몹시 지루한 일이 될 수 있었다. 코아티는 한숨을 쉬었다.

그러다 문득 정신을 차려보니 자신이 책상다리로 앉은 채 안절부절못하며 괜히 여기저기를 긁고 있었다. 정말로, 이 뜬금없는 성욕은 좀 과도하잖아! 그래도 마음은 아주 평온해서 거의 진정한 행복을 느끼는 것 같았다. 좋아, 그냥 집중력이 좀 흐트러졌을 뿐…. 코아티가 의자에 등을 기댄 채 목표지점에 가까워지기를 기다리는데 다시 우주선 안에 누군가 있는 듯한 기운이 느껴졌다. 동료나 우정이 필요한가? 난 약간 미쳐가는 건가? "진정해." 코아티가 스스로에게 단호한 어조로 말했다.

잠시 쥐 죽은 듯 고요해지고… 그 침묵 속에서 작은, 아주 작은 목소리가 뚜렷하게 말했다. "여보세요… 여보세요? 제발 겁내지 말고, 여보세요?"

뒤쪽 위 어디에선가 들리는 소리였다.

코아티가 홱 몸을 돌려 위아래를, 이쪽저쪽을 살펴봤지만, 아무것도 없었다.

"어, 어디야?" 코아티가 추궁하듯 물었다. "넌 누구야, 여기 있는 거야?"

"난 아주 작아. 네가 내 목숨을 구했어. 제발 날 겁내지 말아줘. 여보세요?"

"여보세요." 코아티는 천천히 대답하며 눈이 빠져라 주위를 살펴보았다. 여전히 아무것도 보이지 않았다. 그리고 몸을 돌려도 그 목소리는 여전히 뒤쪽에서 들렸다. 겁은 전혀 나지 않았다. 그저 엄청나게 흥분되고 궁금해졌을 뿐이었다.

"무슨 얘기야, 내가 네 목숨을 구했다니?"

"난 네가 통신관이라고 부르는 그 물체 외부에 매달려 있었어. 얼마 더 못 버티고 죽을 참이었거든."

"음, 잘됐네." 하지만 이제 코아티는 조금 두려워졌다. 그 목소리가 말할 때, 마치 자신이 말하는 것처럼 자기 후두와 혀가 움직이는 걸 분명하게 감지할 수 있었기 때문이었다. 맙소사, 난 미쳐가고 있어, 환각에 빠진 거야! "내가 혼잣말을 하고 있어!"

"아니, 그런 거 아니야." 그 목소리, 자기 자신의 목소리가 부인했다. "네 말이 맞기도 해. 내가 네 발성 기관들을 이용하고 있으니까. 좀 봐줘. 내겐 너한테 말을 할 수 있을 만한 발성 기관이 없거든."

코아티는 미심쩍어하면서 이 말을 이해했다. 이것이 환각이라면 정말로 복잡한 환각이다. 이런 일은 난생처음이다. 이게 진짜일 수 있을까? 모종의 외계인 염력 같은 걸까?

“그런데 넌 어디 있어? 왜 나와서 모습을 보여주지 않아?”

“그럴 수가 없어. 내가 설명할게. 겁먹지 않겠다고 약속해줘. 난 아무것에도 해를 입히지 않았고, 네가 원한다면 언제든 떠날 거야.”

문득 어떤 생각이 든 코아티가 잽싸게 컴퓨터를 쳐다보았다. 판타지물 같은 걸 보면 컴퓨터에서 외계인의 정신이 깃든 홀로그램이 나오곤 했었다. 자기가 아는 한 그런 일이 실제로 일어난 적은 한 번도 없었지만, 어쩌면….

“너 컴퓨터 안에 있어?”

“컴퓨터?” 믿기 어려운 일이지만, 그 목소리가 거의 낄낄거리는 웃음소리라고 할 만한 소리를 냈다. “어떻게 보면 맞아. 내가 정말, 정말 정말 작다고 얘기했지? 난 빈 공간에 있어. 네 머릿속에 있는.” 그러고는 급히 덧붙였다. “겁먹은 거 아니지, 그렇지? 난 언제든 나갈 수 있지만, 내가 나가면 대화를 나눌 수 없어.”

“내 머릿속에!” 코아티가 비명을 질렀다. 왜인지는 모르겠지만, 한편으로는 깔깔 웃고 싶은 기분이기도 했다. 뭔가 심각한 반응을 보여야 할 것 같기는 했지만, 코아티는 그저 코가 답답했던 게 그래서였구나 하는 생각만 들 뿐이었다. “어떻게 내 머릿속에 들어갔어?”

“네가 날 구해줬을 때, 난 생각을 할 수가 없었어. 우리에겐 어떤 몸이든 일단 들어가면 머리로 향하는 원시적인 향성(向性)이 있어. 정신을 차려 보니 이곳에 있었지. 그러니까, 고향에서 우리는 숙주 동물의 뇌 속에서 살아. 사실상 우리가 그 동물의 뇌인 셈이지.”

“내 몸을 통과했다고? 아, 내 팔 거기로?”

“맞아, 그랬을 거야. 기억이 띄엄띄엄 희미하게 나. 그러니까, 우리는 정말로 진짜 작아. 내 생각에, 우리는 네가 ‘분자 사이 공간’이라 부르는 곳, 어쩌면 원자 사이 공간일 수도 있는 데에서 살아. 우리가 지나다닌다고 해가 되는 건 전혀 없어. 내가 보는 네 몸은 네가 보는 주변 공간처럼 광활하고 텅 비어 있으니까. 사실 네 눈을 통해 보기 전까진 우리 주변에 그처럼 커다란 고체들이 많다는 건 생각도 못 했어! 그러다 네가 동면에 들어갔을 때, 난 제정신을 차리고 이것저것 배우면서 네 언어 중추를 파악했지. 내겐 긴, 아주 긴 시간이 있었으니까. 난… 외로웠어. 네가 깨어날지 어떨지도 몰랐고….”

“그래….” 코아티는 그 말을 곱씹어보았다. 도저히 자기 머리로 그런 얘기를 상상해낼 수 있을 것 같지 않았다. 이건 진짜가 틀림없어! 하지만 고작 입 밖으로 낼 수 있었던 생각은 이게 다였다. “내 눈도 이용하는 거야?”

“난 네 시신경에, 시상하부 아래에 있는 시신경 교차부에 살짝 닿아 있어. 아주 조심스럽게. 안심해도 돼. 그리고 네 청각 기능도. 그게 우리가 제일 먼저 하는 일들이야. 본능에 프로그램된 일들이지. 그리고 우리는 숙주가 행복하다고 느끼게 만들어. 이런 상황에 겁을 먹지 않도록 말이야. 너도 행복감을 느끼지, 그렇지 않아?"

"행복감…? 어이, 네가 그런 거였어? 잘 들어, 만약 네가 그런 거라면, 너무 과했어! 난 네가 말하는 그 '행복감'을 이렇게 많이 느끼고 싶지 않아. 좀 낮춰줄 수 없어?"

"그래? 아, 미안해. 잠깐 기다려, 내가 행동이 좀 느려서."

코아티는 기다렸다. 한꺼번에 너무 많은 생각을 너무 열심히 하다 보니 머릿속이 엉망진창이 된 것 같았다. 이윽고 성가시게 몸이 달아오르던 현상이 현저하게 줄어들었다. 코아티는 다른 무엇보다 이것으로 자기 안에 깃든 새 주민이 현실이라는 사실을 납득하게 되었다.

"내 마음을 읽을 수 있어?" 코아티가 천천히 물었다.

"네가 단어를 형성했을 때만." 자기 목소리가 대답했다. "넌 그걸 '마음속으로 말하기'라고 부르는 거 같아. 난 그 오랜 동면 기간 내내 네 머릿속에 든 어휘와 언어를 탐구했어. 우리 종족에겐 소통하려는 본능적인 욕구가 있어. 아마 모든 생명체가 그렇겠지만."

"정지해 있는, 잠자는 뇌에서 언어 전체를 얻어내다니 상당한 묘기로군." 코아티가 생각에 잠겨 말했다. 아이는 외계인이 자기 목소리를 사용할 때 느껴지는 희미한 차이를 감지하기 시작했다. 그때의 목소리는 톤이 좀 높고 어조가 강했다. 그리고 자신이 일상적으로 사용하는 단어가 아니라 책에서만 보았던 단어들이 사용되었다.

"맞아. 다행스럽게도 시간만큼은 정말 넉넉했으니까. 하지만 네가 다시는 깨어나지 않을 것 같을 때는 정말 당황하고 의기소침했어. 열심히 배웠던 게 다 무의미해질 테니까. 난 네가 살아 있는 걸 알게 돼서 너무 행복해! 언어 때문만이 아니라, 내… 내 생명을 위… 아, 예전에 너와 같은 종을 시험해볼 기회가 딱 한 번 있었어. 하지만 네 두뇌는 아주 달라."

이 기이하기 짝이 없는 온갖 사태 탓에 정신이 없어도 코아티는 바보가 아니었다. '고향'과 '숙주'에 관한 말들이 보니와 코가 했던 보고내용과 연결되었다.

"네가 타고 있던 통신관을 보낸 남자 두 명이 네 고향 행성을 방문했었어? 이것보다 큰 우주선을 탄 두 명의 인간, 나 같은 인간 말이야."

"아, 맞아! 우리는 교대로 그들과 함께했어. 나도 그중 하나였고! 그런데 내가 둘 중 하나를 방문하고 있던 중에 그들이 떠났어." 목소리가 갑자기 말을 멈추는 듯했다. "네 뇌는 정말로 아주 달라."

"고마워." 코아티는 반사적으로 대답하고는 덧붙였다. "그 남자들이, 그러니까 그 두 명의 인간이 아주 명석하다는 평을 받는 사람들은 아니라고 들었어."

"명석? 아, 그래… 우리가 좀 수리를 하긴 했지만, 많은 걸 할 수는 없었어."

혼란스러웠던 코아티의 생각이 한 점에서 합쳐졌다. 내가 지금 여기 앉아서 잡담을 나누는 대상은 외계인이다. 어쩌면 치명적일 수 있는, 위험할 가능성이 아주 큰, 자신의 머리를 침략한 외계인.

"넌 뇌 기생충이야!" 코아티가 크게 소리쳤다. "넌 지적인 뇌 기생충이고, 내가 좀비라도 되는 것처럼 내 눈을 써서 보고, 내 귀를 써서 듣고, 내 입으로 말해. 그리고, 그리고 내가 아는 한, 넌 내 뇌 전체를 장악해가고 있어!"

"아, 제발! 제에발!" 코아티는 자신의 목소리가 떨리는 걸 들었다. "난 언제든 떠날 수 있어, 그걸 원하는 거야? 난 아무것도 망가뜨리지 않았어. 전혀. 내가 쓰는 에너지도 아주 적어. 사실은 네 주요 혈관에 있던 쓰레기들을 내가 청소했어. 그러니 우리 둘이 쓰기에 에너지는 충분해. 난 이따금 몇 가지 요소들만 얻으면 충분하니까. 하지만 나가라면 지금 당장에라도 나갈 수 있어. 내가 다소 깊숙하게 자리를 잡은 데다, 여기엔 날 지도해줄 멘토가 없으니 조금 느리게 진행되겠지만 말이야. 하지만 그게 네가 원하는 거라면, 왔던 것처럼 떠나도록 지금 바로 시작할게. 지, 지금은 원기도 회복했으니, 어쩌면 네 우주선에 매달려도 좀 더 오래 살아남을 수 있을지 몰라."

그 비통한 어조에 코아티는 마음이 약해졌다. 그 목소리는 아주 작고 슬픈, 겁에 질린 생물이 차가운 우주 감옥에서 떠는 이미지를 연상시켰다.

"그건 나중에 결정하자." 코아티가 다소 퉁명스럽게 말했다. "그건 그렇고, 내 뇌를 엉망으로 만들지 않는다는 말, 믿어도 될까?

"정말이야." 자신의 목소리가 분개한 듯이 속삭였다. "이 뇌는 아름다워."

"하지만 네가 원하는 건 뭐야? 어디로 가려던 참이었어?"

"지금은 그저 집으로 가고 싶다는 생각뿐이야. 인간 세계의 중심지 같은 데로 갈 수 있다면, 날 고향 행성과 적당한 숙주한테로 데려다줄 누군가를 찾을 수 있을 거야."

"하지만 애초에 넌 왜 보니와 코를 떠나서 그 통신관에 붙은 거야?"

"아, 그때 나는 텅 빈 공간들이 얼마나 큰지

아무 개념이 없었어. 그저 고향에서 하는 긴 '몸 밖 여행' 같을 거라고 생각했지. 으으으! 세상엔 내가 모르는 게 너무 많아. 내가 아주 어린 개체라는 거 너도 알겠지? 난 아직 훈련 과정도 끝내지 못했어. 멘토들은 나더러 어리석다거나 무모하다는 말씀을 하셨지. 나는… 나는 모험을 원했던 걸까?" 작은 목소리가 갑자기 아주 강하고 확신에 찬 어조로 말했다. "지금도 모험을 원하긴 해. 하지만 준비를 더 잘해야 한다는 건 알겠어."

"흠. 이봐, 나도 어리다는 거 알아챘어? 우리 둘이 똑같은 거 같네. 나도 모험을 찾아 여기로 나온 셈이니까."

"넌 이해하는구나."

"그래." 코아티가 씩 웃고는 한숨을 쉬었다. "음, 널 연방 기지까지 데려갈 순 있어. 그러면 곧 네 행성으로 사람들이 파견될 거야. 우리한테는 첫 번째 접촉이니까. 첫 번째 접촉이란 우리가 새로운 비인간종과 만나는 걸 이르는 말이야. 우린 지금까지 50여 종족을 만났어. 하지만 어느 종족도 너희 같지는 않아. 그러니 사람들이 널 데리고 네 행성으로 갈 거라고 확신해."

"아, 고마워! 정말 고마워"

코아티는 육체적 쾌락이 몰려오는 걸, 급격히 치솟는 걸 느꼈다. "어이, 너 또 그거 하고 있군! 그만둬."

"아, 미안해." 몸이 달아오르는 현상이 희미해졌다. "이건 감사를 뜻하는 본능적인 반응이야. 기쁨을 주는 거 말이야. 그러니까, 보통 우리 숙주가 되는 동물들은 정말로 아무 생각이 없거든. 그들에게 감사의 마음을 전할 방법은 육체적인 감각을 자극해주는 길밖에 없어."

"알겠어." 그 말을 곰곰이 생각하던 코아티는 다른 것도 이해하게 되었다. "숙주를 고통스럽게도 할 수 있을 거 같은 생각이 드네. 벌을 주려고 말이야. 숙주가 너희들이 좋아하지 않는 어떤 일을 했을 때."

"그럴 수 있다고 생각해. 하지만 우리는 고통을 좋아하지 않아. 고통은 섬세한 두뇌를 온통 휘저어

버리니까. 난 그런 건 아직 배우질 못했어. 딱 한 번 그래야 했던 적이 있긴 했어. 내 숙주가 위험한 절벽과 너무 가까운 데서 놀고 있었거든. 숙주가 물러나자마자 바로 쾌락으로 달래줬지. 우리는 위급한 때에만 그 방법을 사용해. 숙주가 스스로에게 해를 입히려고 할 때 같은 드문 경우에… 아니면, 잠깐만, 생각났어, 숙주가 네가 싸움이라고 부르는 걸 하려고 드는 때나… 너도 이게 복잡하다는 거 알 거야."

"그렇군." 코아티가 대답했다. 이 어린 외계인 승객이 적절한 수준 이상으로 자신에 대한 통제력을 가질 수 있다는 생각을 하자 거북한 느낌이 들었다. 하지만 이 외계인은 아주 선해서 자신에게 해를 입힐 의도가 전혀 없는 듯이 보였다. 코아티는 마음을 놓았다. 뇌 속에 있다니, 어휴! 이처럼 낯선 존재를 이렇게 감정적으로 쉬이 받아들이는 것 자체가 부분적이나마 이 외계인이 만든 어떤 감정 때문인지 알고 싶은 호기심이 뻗치는 걸 억누르기가 힘들었다. 어쩌면 정말로 현명하게 일을 처리하는 건 이 승객에게 나가달라고, 지금 당장 나가달라고 요청하는 것인지도 몰랐다. 이 외계인이 편안하게 머물 만한 곳을 외부에 마련할 수 있을까? 연방 기지에 가까워질 때쯤에 그렇게 할 수 있을지도 모르겠다.

그건 그렇고, 보니와 코가 향한 행성에 가겠다는 계획은 어떻게 되는 거지? 두 사람의 흔적을 찾아낼 수 있다면 정말로 연방 기지에 도움이 될 텐데. 게다가 이렇게 먼 길을 와놓고서 거길 한번 돌아보지도 않는다는 건 안타까운 일이 아닐까?

자신과의 논쟁은 곧 끝났다. 그리고 젊은 식욕도 강하게 스스로를 주장하고 나섰다. 코아티는 비상식량 중에서 적당한 걸 골라 우걱우걱 씹으며 행성들로 향하는 추진 경로를 설정하면서 틈틈이 외계인에게 연방 기지로 돌아가기 전에 무얼 할 계획인지 설명했다. 머릿속 낯선 승객은 이 지연 사태에 아무런 반대 의사도 표명하지 않았다.

"날 데려다줄 생각을 하다니 정말 고마워, 너무너무 고마워." 자신의 목소리가 입에 가득 찬 치즈

맛 건조식량 사이로 어렵사리 말했다.

코아티가 차가운 금속용기를 여는데 반짝이는 금빛이 눈에 띄었다. 아까 그 금색 먼지가 그 용기 표면에도 붙어 있었다. 코아티가 털어내자 먼지 일부가 얼굴로 날아올랐다.

"그건 그렇고, 이건 뭐야? 이것도 너와 같이 그 통신관에서 나왔어. 이거 보여? 어어, 내 다리에도 붙어 있네." 코아티가 한쪽 다리를 뻗었다.

"알아." 코아티의 '다른' 목소리가 대답했다. "그것들은 씨야."

코아티는 자기 자신과 나누는 이 기묘한 대화에 점차 익숙해졌다. 예전에 어디선가 인형에 생명을 불어넣는 복화술사가 나오는 오락 프로그램을 본 기억이 났다. "내가 복화술사의 인형이네." 코아티가 지금 자신의 처지를 생각하며 킬킬거렸다. "내가 복화술사이기도 하지만 말이야."

"어떤 종류의 씨야, 무엇의 씨?" 코아티가 큰 소리로 물었다.

"우리의 씨야." 그 목소리엔 뭔가 편치 않은 생

각이 스친 것 같은, 한숨 같은 소리 또는 감정이 실려 있었다. 그러고는 더 활발한 목소리가 이어졌다. "잠깐만, 내가 깜박했네. 그것들을 떨쳐내는 화학물질을 내보내야 했는데. 그것들은… 그것들은 생명체가 뿜어내는 페로몬에 이끌려."

"난 내가 그런 단어들을 아는지 몰랐어." 코아티가 보이지 않는 동료에게 말했다. "내가 자는 동안에 정말로 내 어휘에 통달한 거 같네."

"아, 맞아. 내가 좀 열심히 했지."

잠시 후에 코아티는 피부가 약간 따끔거리는 듯한 느낌을 받았다. 이것이 그 '화학물질'인가? 뭔가 제대로 긴장을 하기도 전에 그 느낌은 사라졌다. 그리고 코아티는 그 떠다니는 먼지, 또는 씨들이 공격을 받고 물러나는 것처럼 자신에게서 떨어지는 걸 보았다.

"멋져." 코아티는 우주선의 경로 설정을 마치면서 비상식량을 한 입 더 베어 물었다. "그러고 보니, 넌 너희 종을 뭐라고 불러? 그리고 너는… 너도 이름이 있을 거 아냐. 우리, 서로를 좀 더 잘 알아야 하지 않겠어?" 코아티가 두 명 분의 웃음을 터뜨렸다. 불안한 느낌은 모두 사라졌다.

"난 이아, 또는 이아드론이야. 개인적으로는 실료빈이라고 불려."

"안녕, 실료빈! 난 코아티 캐스야."

"안녕, 코아티 캐스야."

"아니, 내 말은, 그냥 코아티 캐스. 캐스는 우리 가족이 쓰는 성이야."

"아, '가족'. 우리는 다른 인간들을 만났을 때도 그게 뭔지 궁금했어."

"문제없어. 내가 설명해줄게. 하지만 나중에…." 코아티가 자기 말을 잘랐다. "내 말은, 저 별 주위를 도는 행성에 천천히 접근하는 동안 우리에게는 온갖 것을 다 설명할 수 있을 만큼 충분한 시간이 있을 거니까. 그리고 내겐 네 이야기를 먼저 들을 권리가 있다고 생각해, 실료빈. 내가 몸을 제공하니까. 그게 공정할 거 같지 않아?"

"아, 동의해. 네가 이렇게 많은 걸 해주는데, 내가 이기적으로 굴어서는 안 되지."

그 얘기를 듣고 나니 어쩐지 코아티는 처음으로 이 외계인이 정말로 어리다는, 거의 아이 같은 존재라는 느낌이 들었다. 이 외계인이 자신의 머릿속에서 찾아낸 어려운 단어들을 쓴 탓에 지금껏 잘못 생각했던 것이다. 하지만 이제 실료빈은 훨씬 자기다워졌고, 그 모습은 코아티 자신의 모습을 상기시켰다. 코아티는 마음이 따듯해지는 기분으로 다시 킬킬거렸다. 두 꼬마애가, 어쩌면 두 여자애가 함께 모험을 찾아 이 별밭 속으로 떠나게 된 건가? 그리고 예기치 못한 동료가 있다는 건 근사했다. 뭔가를 읽거나 보는 걸 좋아하긴 했지만, 코아티는 많은 우주여행이 동면 아니면 외로이 앉아 기다리는 일로 점철되리라는 서글픈 생각을 하기 시작하던 참이었다.

코아티는 살짝 죄책감을 느끼며 스스로를 일깨웠다. 물론 항해도를 점검하며 다른 곳에 비하면 몇 개 되지도 않는 이곳의 항성 좌표들이 맞는지 부지런히 확인하며 시간을 보낼 수도 있다고. 하지만 틀림없이 보니와 코가 벌써 다 끝냈을 것이다.

무엇보다 그들로서는 이 항성으로 향한 비행이 두 번째였으니까. 첫 번째 비행에서는 행성들을 발견하기만 하고 방문은 하지 않았다. 그리고 외계인 종족에 관해 배우는 일도 분명 중요한 일이다.

코아티는 편안하게 의자 등받이에 기대고는 물었다. "자, 너희 행성은 어때? 어떻게 생겼어? 그리고 너희 숙주들은? 어떻게 그렇게 되는 거야? 애초에 어떻게 그런 체계가 생기게 됐어? 아, 알았다! 나한테 영상을 보여줄 수 있어? 네 고향 풍경 말이야."

"아아, 안 돼. 그런 큰 일은 내 능력 밖이야. 말을 하는 것이 내가 할 수 있는 최대치야."

"그렇군. 그럼 다 말해줘."

"그럴게. 하지만 먼저 이 말을 해야겠어. 우리는 너희가 가진 것 같은 그런… 그런 물질적 장비나 기술이 없어. 우리가 가진 재주라곤 마음에 관한 것뿐이야. 난 네가 뭔가를 할 때마다 깜짝깜짝 놀랐어. 너희 종족은 정말 경이로운 성취를 이뤘어! 네가 장비를 들여다볼 때 난 먼 세계를 봤어.

세상을 말이야! 그리고 넌 그곳에 가는 걸 마치 우리가 호수나 나무 농장에 가는 것처럼 대수롭지 않게 말하더라고. 정말 놀라워!"

"맞아. 우리는 상당한 기술을 가졌어. 몇몇 다른 종족도 그래. 스웨인족과 뭄족 같은 종족들 말이야. 하지만 난 네 얘기를 듣고 싶어, 실료빈! 먼저, 이아와 이아드론이란 건 어떻게 되는 거야?"

"아, 그래, 물론이지. 음, 나는 개인적으로, 나만 얘기하자면, 난 이아야. 하지만 내가 드론이라고 부르는 제대로 된 내 숙주 안에 있을 때는 이아드론이지. 이아 자체로는 거의 아무것도 아니야. 그건 본능적인 향성에 기댄 채 숙주가 지나갈 때까지 기다리는 것 말고는 아무것도 못 해. 네가 날 발견했을 때처럼 이아가 드론과 분리되는 경우는 아주 드물어. 새로운 소식을 듣거나 지도를 받기 위해 다른 이아드론을 방문할 때를 제외하면 말이야. 그리고 그런 때에도 우리는 우리의 많은 부분을 제자리에, 나중에 돌아올 각자의 드론에 남겨둬. 난 어렸기 때문에 인간들을 방문한 여러 이아들 중 하나로 인간들과 같이 떠날 수 있을 만큼 거의 완벽하게 나 자신을 드론과 분리할 수 있었어."

"아, 그럼 보니와 코가 이룩할 때 그들 속에 다른 이아들도 있었어?"

"응. 적어도 각각에 하나씩은."

"그런 걸 뭐라고 불러? 이아인간?" 코아티가 웃음을 터트렸다.

하지만 코아티의 동료는 웃을 기분이 아닌 것 같았다. "그 이아들은 아주 늙었어." 코아티는 자신이 나직하게 중얼거리는 소리를 들었다. 그러더니 들리는 희미한 소리. "그 여행이 얼마나 오래 걸릴지 몰라…."

"그리고 넌 두 사람이 통신관을 보낼 때 떨어져 나왔군. 우와, 과감한데? 아, 실료빈, 내가 그걸 가로챈 덕분에 널 구하게 돼 너무 기뻐."

"나도 그래, 친애하는 코아티 캐스."

"하지만 지금 우리는 너희의 이 말도 안 되는 체제를 진지하게 논의해야 해. 다른 존재의 몸속에 들어가 뇌가 되는 존재가 너희 행성에 너희들뿐이야? 아, 잠깐만. 문득 생각해보니 이 대화를 몽땅 기록해야 할 거 같아. 이런 얘기를 두 번 할 수는 없을 테니까. 내가 새 카세트를 넣을 때까지 잠시만 기다려줘."

코아티는 채비를 마치고서 어떻게 하면 전문가처럼 들릴까 잠시 궁리하다가 도입부를 읊었다.

"여기는 코카 1호의 코아티 캐스. 코카 1호는 현재 이름이 정해지지 않은 어느 행성으로 향하고 있으며, 행성의 좌표는…." 코아티는 상세 좌표와 표준날짜와 시간을 기록했고, 보니와 코가 마지막 통신 보고에서 이 행성으로 향할 예정이라 밝힌 사실을 모두 말했다.

"두 사람은 그 전에 북위 30분 20초에 있는 한 행성에 착륙해서 그곳의 지적 생명체들과 첫 번째 접촉을 했다고 보고했음. 그들의 보고는 내가 여기로 오기 전에 기지로 보낸 통신관 안에 있음. 현재로서는 둘이 그 행성을 떠날 때, 그곳 생명체 몇이 동행한 것으로 보임. 정확하게 말하자면, 거의 눈에 띄지 않는 이아가 최소 두 개는 그들 머릿속에 들어 있었음. 그리고 씨 약간과 또 다른 이아, 아주 어린 개체가 자기 말로는 모험을 하기 위해 동행했다고 함. 이 어린 이아는 얼마나 오래 걸릴지 모르는 채 통신관으로 옮겨갔고, 내가 그 관을 열었을 때는 거의 빈사 상태였음."

"이것은⋯ 성별이 있는지도 모르겠지만, 아직 성별을 확인하지 않았으므로 일단 '이것'으로 부른다. 이것은 내가 통신관을 열 때 내게로 옮겨왔고, 현재는 내 머릿속에 자리를 잡고 내 감각기관들을 통해 보고 들을 수 있으며, 내 목소리를 이용하여 말할 수 있다. 나는 이것의 행성인 '놀리안'에 관하여 인터뷰를 하고 있다. 실료빈이, 이게 이것의 이름인데, 내 목소리로 말할 때가 언제인지 여러분들도 곧 구분할 수 있으리라 생각한다. 이것은 내가 이곳으로 오면서 동면하는 와중에 내 머릿속에서 그런 것들을 다 익혔다. 자, 실료빈, 지금까지 나한테 해준 얘기들을 다시 한번 말해줄래? 이아와 이아드론에 대해서 말이야."

코아티는 이제 자기 목소리가 이어지는 동안에

도 조금 느긋해져서는 실료빈이 깔끔하고 짧은 서두를 시작하는 걸 들었다. “제 얘기를 듣는 인간 청취자 여러분, 반갑습니다!” 실료빈이 이아와 이아드론 체계를 다시 설명했다.

“자….” 코아티가 말했다. “내가 좀 전에 이아가 그 행성에서 다른 동물의 몸속에 들어가 뇌가 되는 유일한 생명체냐고 물었어, 어때?”

“아, 아냐.” 실료빈 목소리가 말했다. “그건 우리… 아, 그곳 동물 세계에서는 일반적이야. 사실 우리는 다른 방식이 있다는 사실에 여전히 놀라고 있어. 하지만 다른 동물들의 경우를 봐도 늘 두 종이 아주 밀접하게 연관돼 있어. 예를 들어 엔쿠아론의 경우를 보면, 엔은 쿠아론과 같이 태어나고, 쿠아론이 짝짓기할 때 짝짓기하고, 쿠아론이 새끼 낳을 때 새끼를 낳고, 쿠아론이 죽을 때 죽어. 모든 엔이 똑같아. 그게 우리가 뇌 동물이라고 부르는 것들이야. 우리 이아만 빼고 말이야. 이아만이 그렇게 드론과 분리될 수 있고, 드론이 죽을 때도 죽지 않아. 하지만 우리는 나이 든 엔달라민들도 보았어. 엔달라민은 이아드론과 가장 가까운 동물인데, 늙은 엔달라민이 새로 태어난 달라민에게 머리를 들이밀곤 해. 새끼 달라민에게 더 적당한 엔 씨들이 낙담한 채 떠다니는데도 말이야. 마치 늙은 엔이 새로운 몸으로 건너가려고 애쓰는 것처럼 보여. 몇 건은 성공하지 않았을까 하고 우리는 생각해."

"그럼 너희 이아들은 몸이 늙으면 새 몸으로 옮겨갈 수 있군! 그러면 너희는 불사가 되는 건가?"

"아, 아니야. 이아도 나이가 들고 죽어. 하지만 아주 느리게 진행되지. 이아들은 일생 동안 여러 드론을 이용할 수 있어."

"알겠어. 하지만 너희 사회에 대해서, 너희 정부와, 무얼 먹는지는 모르겠지만, 먹을 걸 어떻게 얻는지 같은 것도 얘기해줘. 이아드론 중에도 부자나 빈자, 주인과 하인 같은 게 있어?"

"아니 없어, 내가 그 단어들을 제대로 이해한다면 말이야. 하지만 우리한텐 농장이…."

그런 식으로 이것저것 물어보고 찔러보면서 코아티는 실료빈이 '아넬라'라고 부르는 그들의 태양과 놀리안이라 부르는 그들의 금녹색 행성 풍경을 짜 맞춰갔다. 크고 하얀 이아드론이 모든 것을 통치했고, 전쟁은 없으며, 가장 원시적인 화폐 체계만 있었다. 기후는 아주 온화해서 집이라고 해봐야 밤안개와 이슬비를 피하는 장소 외에는 대체로 장식에 불과했다. 말만 들어서는 천국 같았다. 보니와 코가 그처럼 경계했던 그들의 무시무시한 이빨은 지금은 잊힌, 아마도 육식을 했을 것으로 추정되는 과거의 산물이었다. 지금은 식물성 농작물과 과일을 먹는다. (여기서 코아티는 사나워 보이는 송곳니가 난 고대 지구의 어떤 초식성 영장류를 떠올렸다.)

도구 기술로 말하자면, 이아드론은 바퀴를 쓰는데, 농장 수확물을 옮기거나 집 짓는 데 필요한 몇 안 되는 재료들을 옮길 때 사용한다. 그리고 오래전부터 불을 다뤄왔지만 요리할 때 잠깐씩 쓰는 것 말고는 거의 장난감처럼 취급한다. 현재 그들의 커다란 관심사는 언어를 기록할 문자 개발이었다. 그들은 폰즈와 레슬리를 접하고서 문자를 만들 생각을 하게 되었다. 문자는 엄청난 기쁨과 흥분을 몰고 왔다. 종족의 기억을 전달하는 역할을 하는 일부 나이 든 이아들이 이 혁신에 대해서 좀 투덜대긴 하지만 말이다.

그런 얘기들을 듣다가 코아티는 어떤 생각을 떠올리고 실료빈이 잠시 말을 멈춘 틈을 타서 말을 던졌다. "들어봐! 아, 지금 말하는 사람은 코아티입니다. 네가 내 동맥들, 내 혈관들을 청소했다고 했잖아? 그리고 다른 숙주들을 치료했다고도 했고. 넌, 그러니까 네 종족은 나처럼 스스로를 치료할 수 없는 다른 종족들의 치료자가 되고 싶은 생각은 없어? 우리는 그런 치료자를 의사라고 불러. 하지만 우리 의사들은 몸 안으로 들어와 문제가 된 곳을 직접 고칠 수는 없어. 환자를 절개하지 않고는 말이야. 그러니까, 너희들은 온 연방을 돌아다니며 아픈 사람들을 찾아가 치료해줄 수 있어, 아니면, 잠깐만, 큰 병원을 세울 수도 있겠다. 그러면 사람들이, 인간들과 다른 종족들이 사방에서 몰려와 이아를 몸속으로 받아들여 혈관이나 신장이나 뭐가 됐든 문제가 있는 곳을 고치게 할 거야. 아, 이봐,

환자들이 사례도 할 거야. 너희들도 연방 신용잔고가 필요하게 될 테니까. 그리고 모두가 너희들을 사랑할 거야! 너희는 연방에서 가장 유명하고 가장 귀한 종족이 될 거야!"

"아, 오…." 실료빈이 숨 가쁜 듯한 소리를 내며 대답했다. "난 뭐라 해야 할지, 너희들이 쓰는 감탄사를 모르겠어! 우리말로는…." 실료빈이 흥분에 차 인간의 언어로는 옮길 수 없는 떨리는 소리를 냈다. "정말 놀라워. 내가 네 말을 제대로 이해한 거라면…."

"음, 이 건은 나중에 다시 얘기할 수 있을 거야. 지금은, 넌 보니와 코의 뇌로 들어가는 그 '방문'이라는 걸로 인간들에 대해서 배웠다고 했지, 맞아?"

"맞아. 하지만 그 전에 내 멘토와 다른 이아드론 몇을 방문한 경험이 없었다면, 손상을 주지 않고 들어가서 사는 법을 몰랐을 거야. 그러니까, 드론의 뇌는 그냥 형태 없는 물질일 뿐이거든. 드론이라면 아무 데나 가서 아무거나 먹어도 뇌에 나쁜 영향을 주지 않지. 사실 그 뇌의 형태를 만드는 건 이아에게 달렸으니까. 그리고, 아 잊어먹을 뻔했다, 내 멘토는 나이가 많아. 살아 있는 인간 폰즈와 레슬리를 아는 몇 안 되는 분이셔. 두 인간은 난폭하게 착륙했고, 죽었어. 그들을 살리는 건 우리 능력 밖의 일이었지만, 고통을 없애줄 순 있었대. 내가 알기로, 그들은 죽기 전에 짝짓기를 했는데, 씨는 나오지 않았어. 내 멘토가 너희 인간들의 뇌가 어떻게 발달해서 어떻게 기능하는지 알려줬어. 우리는 여전히 놀라워하고 있어."

"너희들은 왜 다른 이아드론을 방문해?"

"짧은 시간 안에 어떤 주제에 대해서 많은 사실을 배우기 위해서지. 우리는 덩굴손 같은 걸 보내. 너희들한테 적당한 단어가 있는 것 같은데? 진균류 식물들에 쓰는 말 말이야, 아, 균사체! 다른 뇌로 스며드는 아주 연약한 실과 매듭들 같은 거야. 지금 네 두뇌 속에 있는 내가 그렇게 보일 거야. 그리고 특정 방식으로 다른 이아드론의 본을 뜸으로써 우리는 온갖 종류의 정보를 얻어. 역사나 지형 같은 거. 그리고 물러날 때는 그걸 온전하게 보전해서 나오지."

"그럼 내 머릿속에서 그렇게 하면 인간과 연방의 모든 것을 배울 수 있지 않아?"

"아, 감히 그럴 수가 없어. 네 언어 중추들만 해도 너무 복잡해서 난 겁에 질렸어. 정말 정신을 바짝 차리고 극도로 조심하며 나아갔거든. 네가 자는 동안 그렇게 많은 시간이 있었던 게 나한테는 행운이었지. 난 언어 중추보다 더 미묘하고 넓으면서 감정에 연결된 건 어느 것도 감히 시도할 수 없을 거 같아."

"음, 생각해줘서 고마워…." 코아티는 거기서 인터뷰가 정체되는 걸 원치 않았다. 그래서 되는대로 물었다. "너희들한테도 사회문제 같은 게 있어? 너희 종족 전체가 고민하는 문제나 딜레마 같은 거?"

이 질문이 이아를 혼란스럽게 한 것 같았다. "음. 네 말을 제대로 이해한 거라면, 난 그런 게 있다고 생각하지 않아. 아! 우리가 외계인들에게 얼마나 많은 관심을 쏟아야 하는가를 놓고 이아드론들이 둘로 나뉘어 격렬하게 대치하고 있긴 하지만, 그건 폰즈 때 이후로 늘 그래 왔으니까. 장로 참사회가, 나이 많은 현명한 이들을 일컫는 단어가 이거 맞나? 장로 참사회가 그 문제를 논의하고 있어."

"그러면 각 파벌이 참사회의 판단에 따를까?"

"아, 당연히. 그건 기억에서 지워질 거야."

"우와!"

"그리고… 팰리드 과일나무들이 부족하다는 문제가 있어. 하지만 그것도 해결 중이야. 아, 네가 말하는 그런 사회문제가 하나 있는 것 같아. 이아가 너무 오래 살게 된 이래로 짝을 짓고 후손을 낳기를 거부하는 분위기가 생겼어. 짝짓기는 아주, 음, 파괴적이야. 특히 드론 몸체에게는. 그래서 다들 그냥 살던 대로 살고 싶어 해. 연장자들은 짝짓기 욕구를 억제하는 법을 배웠어. 얼마나 심각하냐면 나와 내 형제들이 한 번식철에 태어난 유일한 어린 것들이었다니까. 아직 씨는 충분하지만, 너도 봤을 거야, 그냥 낭비되고 있어. 낭비…? 너희 관용적 표현 중에 뭔가 적용할 만한 게 있었던 거 같은데, 자연에 관한."

"에? 아, '소문난 자연의 낭비성', 맞아?"

"맞아. 하지만 우리 씨들은 아주 오래 살아남아. 아주 오래. 그리고 네가 본 그 금색 껍데기는 거의 어떤 것에도 상처를 입지 않아. 그러니 어쩌면 다 괜찮을지도 모르지."

코아티의 정보원이 이 주제에 대해서는 더는 말하고 싶어 하지 않는 듯했으므로 코아티가 그 틈을 타서 말했다. "봐, 우리 목이… 목이 막힐 거 같아, 아니면 불이 붙거나. 물!" 코아티는 물병을 들어 물을 마셨다. "말을 너무 많이 해서 목이 아프다는 건 농담인 줄만 알았는데, 그렇지 않네? 네가 뭔가 조치를 할 수 있을까, 실료빈 의사 선생님?"

"난 충혈된 혈관 일부를 막고 시간이 할 일을 조금 도와줄 수 있을 뿐이야. 고통을 없앨 수도 있지만, 그 상태로 우리가 목을 쓰면 상태가 급속도로 나빠질걸?"

"벌써 의사처럼 얘기하는데?" 코아티가 목쉰 소리로 툴툴거렸다. "그럼, 우리 여기서 일단 자르자. 아, 통신관이 하나 있으면 좋겠는데! 아야… 그러고 우리 뭔가 가벼운 음식을 먹자. 아, 잘 됐다, 꿀이 좀 있어! 그리고 낮잠을 자는 거야. 알다시피 동면으로는 기운이 회복되지 않으니까. 너도 잠잘 수 있어, 실료빈?"

"좋은 생각이야." 목이 아팠다.

"이봐, 그냥 '응'일 때는 이렇게 고개를 끄덕이고, '아니'일 때는 이렇게 고개를 저을 수 있겠어?"

잠시 동안 아무 일도 일어나지 않았다. 그러다가 코아티는 턱과 눈썹을 꼬마 요정이 쓰다듬는 것 같은 느낌과 함께 서서히 고개가 숙여지는 걸 느꼈다. 됐다.

"멋져." 코아티가 갈라지는 목소리로 말했다.

"아야."

코아티는 녹음기를 끄고 화면으로 여전히 아주, 아주 멀리 있는 파란색과 녹색과 하얀색 행성을 마지막으로 보고는 알람을 설정하고 조종석 잠자리에 편안하게 몸을 웅크려 뉘었다.

"잘 자, 실료빈." 코아티가 고통스럽게 속삭였다. 최대한 성대를 울리지 않고 답이 나왔다.

"너도, 친애하는 코아티 캐스."

흥분이 알람보다 먼저 코아티를 깨웠다. 행성이 맨눈으로도 잘 보일 만큼 가까이 다가와 있었다. 하지만 실료빈에게 말을 걸려는 순간 목소리가 전혀 나오지 않는다는 사실을 알게 되었다. 코아티는 비상 의료 상자를 뒤져 의료용 박하사탕 몇 개를 꺼냈다.

"실료빈…." 코아티가 속삭였다. "여보세요?"

"뭐… 에, 뭐지? 여보세요?" 실료빈도 속삭였다.

"목소리가 안 나와. 가끔 이런 일이 있어. 점차 나아질 거야. 하지만 우리가 행성에 도착했을 때도 여전히 이러면 기록을 할 수 있도록 네가 목을 어떻게든 좀 해줘야 할 거 같아. 그럴 수 있지?"

"그래, 할 수 있을 거 같아. 하지만 그러고 나면 목이 더 나빠질 거라는 건 알고 있어야 해."

"당근이지."

"뭐?"

"당근… 이건 '당연하지'라는 뜻이야. 이거 참, 이제 네가 질문할 차례인데 미안하게 됐네. 나중에

할 수 있을 거야. 지금은 그냥 입을 닫고 있자."

"좀 기다리지 뭐."

"콜."

"뭐라고?"

"아, 당근이라고, '콜'은 '알았으니 그렇게 하자'라는 뜻이야."

코아티는 거의 소리를 낼 수 없었다.

"아, 은어… 제일 어려워…."

"실…, 목이 너무 아파. 이제 입을 닫자, 콜?"

힘들게 낄낄거리는 소리. "콜."

비상식량 꾸러미에서 찾은 뭔지 모를 뜨거운 차가 진정 효과를 냈다. 그러는 사이 코아티는 강제된 침묵 덕분에 처음으로 상황을 찬찬히 생각해 볼 기회를 얻었다. 당연히 이 모든 새로운 경험에 넋을 잃은 상태이긴 했지만, 그 와중에도 실료빈 종족이 다른 종족들에게 지금껏 생각지도 못한 정말로 놀라운 형태의 의학적 도움을 줄 수 있다는 생각은 정말로 감명 깊었다. 물론 실료빈 종족이 원한다면, 그리고 사람들이 무지막지하게 몰리지만 않는다면 말이다. 하지만 그런 치료법이 있는데 무작정 달려가고 싶은 충동을 물리친다는 건 위대한 정신들이나 가능할 일이다.

그리고 코아티는 아이답게 자기가 돌아가면, 살아 있는 낯선 진짜 외계인을 머릿속에 담고 귀환하면 어떤 소동이 벌어질까 상상하며 즐거워했다. 하지만 사람들은 실료빈을 진짜로 볼 수는 없을 것이다. 코아티가 미쳤다는 뻔한 결론을 내고 서둘러 병원으로 옮겨 버릴까? 집에 도착하기 전에 이 문제를 얘기해보는 편이 나을 것 같았다. 실료빈은 스스로의 존재를 증명할 모종의 방법을 생각해내야 할 것이다.

이렇게 확고하게 실료빈을 '여자애'라 생각하다니 웃기는데, 코아티는 생각했다. 그냥 투사일 뿐일까? 아니면, 무엇보다 둘이 정말로 밀접하게 접촉하고 있으니, 이건 실료빈의 '본능적 향성' 같은, 뭔가 깊은 본능적 지각일까? 뭐든 간에, 실료빈의 성별을 제대로 알아봤을 때 '남자애'라 판명된다면… 또는, 그럴 리는 없지만, '그것' 또는 '그들'이라고 판명된다면 좀 충격적일 것 같았다. 보니가 드론에 대해서 뭐라고 했었지, 그들 중 일부는 '은밀한 부분'이 두 벌이라고? 은밀한 부분이란 건 생식기를 에둘러 표현한 말이리라. 보니는 드론이 자웅동체 같다는 말을 하려 했던 게 틀림없다. 어휴. 음, 아직은 그 말로 이아를 판단하거나 할 필요는 없지.

둘이 다시 얘기할 수 있는 상태가 되면 이런 것들을 정리해야 겠지. 그리고 그때까지는 같은 여자애끼리라는 생각에 너무 낭만적으로 집착하지 않도록 해야 한다.

그러고 나니 자기 머릿속에, 바로 자기 뇌 속에 머물도록 허락한 실체에 대해서 아는 게 거의 없다는 사실이 명확해졌다. 찬물을 뒤집어쓴 듯한 기분이었다. 떠날 수 있다고 한 실료빈의 말은 정말이겠지…. 정신이 번쩍 들면서 뭐라 정의할 수 없는 희미한 불안이 함께 찾아왔다. 아니, 찾아왔다기보다는 표면으로 떠올랐다는 말이 맞을 것이다. 이건 코아티 안에 내내 도사리고 있던 불안이었다. 코아티는 깨달았다. 뭔가가 더 있을 거라는 기묘한 느낌. 실료빈이 얘기한 것이 다가 아니라는 그런 느낌. 뭔가 웃겼다. 코아티는 실료빈에게 나쁜 의도가 있거나 그 자체가 비밀스럽고 악한 존재라는 의심은 하지 않았다. 아니야. 실료빈은 선해, 나만큼이나. 코아티의 모든 감각과 지각이 그렇다고 보증하는 것 같았다. 하지만 그런 확고한 느낌에도 불구하고 집중하면 집중할수록 그 외계인이 가끔 뭔가를 슬퍼하고 경계한다는 사실이 더 분명해졌다. 실료빈이 불안해하는 무언가가 있고, 그게 무엇인지 얘기 중에 언급되기도 했지만, 제대로 조명되지는 못했다는 사실이.

맹세코, 코아티와 실료빈은 말할 수 있는 건 다 말했다. 실료빈은 목이 완전히 잠겨버릴 때까지 꼬박꼬박 모든 질문에 답했다. 하지만 코아티의 마음속에는 뭔가 불완전하다는 느낌이 계속 맴돌았다. 어디 보자, 그런 느낌이 언제 제일 강했더라…? 한 번은 통신관에 들었던 씨 얘기를 했을 때. 씨를 언급할 때마다 그랬나? 음, 씨가 낭비되고 있다고 했지. 낭비는 죽음을 의미했다. 그리고 씨는 살아 있는 존재다. 껍데기에 쌓인, 완전한 새 생명의 시작점. 말하자면, 꽃가루 같은 단순한 한쪽이 아니다. 어쩌면 실료빈에게 그 씨들은 배아 같은 것이거나, 어쩌면 살아 있는 아기 같은 것일지도 모른다. 수백 명의 죽은 아기들을 생각하면 코아티라도 쾌활하기 힘들 것이다.

그래서였을까? 실료빈은 그런 슬픈 생각을 그만하고 싶었던 걸까? 그럴듯하다. 아니, 잠깐만, 실료빈 자신은 어떻지? 혹시라도 짝짓기를 하고 싶었는데 지금은 할 수 없는 상황에 처한 걸까? 아니면 짝짓기를 했나? 그게 저 통신관에 든 씨들이 어디서 왔느냐는 수수께끼의 답일까? 어휴! 실료빈은 나이가 얼마나 됐지? 성적으로 성숙했나? 어쩐지 그럴 것 같지 않았다. 하지만 다시 생각해보면, 실료빈에 대해서 아는 게 너무 없지 않은가, 심지어 여자애인지 어떤지도 모르는데.

코아티가 전면 창을 바라보며 생각에 잠긴 사이 행성이 재빨리 커지고 또 커졌다. 기회가 되는

대로 실료빈에게 물어봐야겠다고 속으로 다짐하면서, 일단 지금은 궁금한 질문들을 제쳐놓아야 했다. 근궤도 수색 태세로 들어가기 위해선 몇 분 안에 추진체를 끄고 반중력 장치를 구동해야 한다. 감지폭이 제한적인 작은 민간용 레이더와 맨눈으로 수색하려면 상당히 많은 궤도를 추가로 돌아야 할 터였다. 지루한 작업일 것이다. 코아티는 자신의 소형 우주선이 진지한 탐사 작업에는 적합하지 않다는 사실을 또 한 번 한탄했다.

행성은 여전히 홀로그램으로 본 지구와 놀라울 정도로 닮았다. 지구처럼 양극이 거대한 만년설에 덮여 있지만, 푸른 대양에는 거대한 땅덩어리가 세 개밖에 없었다. 추워 보이기도 했다. 행성을 덮은 구름이 얇고 성긴 덩굴손 같았다. 그리고 북쪽 얼음 지대로부터 남쪽으로 한참 떨어져 있는 육지는 편평한 회녹색이었는데, 반사 각도에 따라 은색에서부터 검은색까지 다채롭게 보이는 얼기설기 얽힌 얕은 호수 지대 말고는 아무 특색이 없었다. 무슨 이국적인 비단 같군, 코아티는 생각했다. 그런 평원을 지칭하는 전문적인 용어가 있었는데? '툰드라'였던가, 아니면 '소택지'였나, 모르겠다.

직선도 곡선도 댐도 없었다. 인위적인 구조물의 흔적은 아무것도 없었다. 지적 생명체는 없는 것 같았다.

어이, 저 앞에 저건 뭐지? 햇빛이 비치는 저 먼 곳에서 반짝이는 빛이 행성의 그늘진 곡선을 감싸고 있었다. 무언가에 반사된 빛이었다. 빛이 천천히 출렁거렸다. 코아티는 속도를 늦추고 수색 장비를 들여다보았다. 줄줄이 달린 거대한 소시지 같은 탱크들! 보급용 우주선에 딸린 탱크들이 틀림없었다. 보니와 코가 착륙하기 전에 저것들을 떼어 궤도에 놔둔 것이다. 그리고 그들이라면 이곳을 떠날 때 저것들을 회수하지 못했을 리가 없다. 즉, 저건 그 남자들이 이곳에 있다는 뜻이야. 아, 잘됐다. 그 사실이 길고 지루한 수색작업을 견딜 열정을 불러일으켜주었다.

아직, 정말로, 너무 멀리 있긴 했지만, 코아티는 코카 1호에 달린 모든 감지 장비들을 가동하고 수색 태세에 들어갔다. 정말로 소 뒷걸음질 치다 쥐 잡는 격의 행운이 따라주지 않는다면, 아주 길고 지루한 잡일이 될 터였다.

그런데, 바로 그 행운이 따라주었다! 8자 모양 궤도를 두 번째로 도는 중에 코아티는 북쪽 만년설 바로 아래쪽에서 검게 그을린 널따란 흔적을 발견했다. 불에 탄 흔적이었다. 저런 게 번개나 화산 활동으로 생길 수 있을까? 아니면 자연 운석으로라도?

아니야…. 다음번에 궤도를 통과할 때 코아티는 갈지자 모양을 그리며 북쪽으로 갈수록 커지는 그을린 자국 중앙에 한 줄기 선이 그어진 걸 보았다. 낙하하는 자연물로는 생길 수 없는 흔적이었다. 코아티는 녹음기를 켜고 탄 자국과 궤도에 떠 있는 탱크들에 대해 속삭이는 소리로 보고했다.

세 번째로 그 궤도를 통과할 때 코아티는 확신했다. 탄 자국의 북쪽 끝에 어렴풋이 번득이는 것이 있었다.

"아, 불쌍한 사람들! 분명 아팠던 거야. 로켓 추

진체로 경로를 보정해야 했다니…. 실료빈! 실료빈! 일어났어?”

“어, 안녕?” 자신의 목소리가 우물거렸다. 자기가 졸린 소리를 내는 걸 들으니 웃겼다.

“이봐, 보고를 할 수 있게 이 목을 좀 어떻게 해 줘야겠어. 내 생각엔 그 남자들을 찾은 거 같아.”

“아, 그래. 잠깐만… 내가 양분이 좀 필요한 거 같아….”

“어서 먹어. 얼마든지.”

잠깐 동안 코아티는 실료빈이 흡혈귀처럼 피를 빠는 장면을 상상했다. 하지만 아니다. 실료빈은 너무 작다. 흡혈귀보다는 아주 작은 존재가 지나가는 적혈구 한두 개를 잡아채는 쪽에 가까울 것이다. 이상도 하지. 코아티는 거기에 대해서는 손톱만큼의 불안도 느끼지 않았다. 코아티의 혈류를 전반적으로 개선했다고 실료빈이 말했었다. 그리고 아닌 게 아니라 코아티 스스로가 기분이 좋은 데다 아주 말짱하고 건강한 느낌이 들었다. 저들은 대단한 치료사들이 될 거야, 코아티는 생각했다.

불탄 자국 끝에서 번득이는 건 분명히 우주선이었다. 관측장비에 커다란 연방 보급선이 잡혔다. 연방 주파수로 호출을 해봤지만, 응답이 없었다. 코아티는 수색 모드를 버리고 반중력 장치를 이용해 착륙을 준비했다. 그 이상한 우주선 옆 평원이 착륙지로 괜찮아 보였다. 하지만 어쩌면 저 남자들이 로켓 추진체를 쓴 데는 다른 이유가 있을지도 모른다. 저 두 사람은 고도로 숙련된 행성간 조종사들이다. 어쩌면 이곳에 이상한 무거운 물질이나 손을 봐야 할 뭔가가 있는 걸까? 조심하는 게 좋겠어. 어째 경로가 불안정해진다 싶으면 바로 쓸 수 있도록 로켓 추진체를 준비해놓는 편이 안전할 것이다.

다시 한번 보급선을 호출하는데 갑자기 목 상태가 좋아지며 목소리가 돌아왔다.

"헤이, 고마워, 실료빈!"

"코아티, 왜 우리가 착륙하고 있지?"

"네가 들어갔다가 나온 인간들이 저 아래 행성 어딘가에 있어. 네가 나온 뒤로 그 사람들 소식이 끊겼거든. 그들은 공식적으로 실종 상태야. 그 말은 다들 수색하고 있다는 거지. 방금 내가 그들의 우주선을 찾았는데, 두 사람이 응답을 하지 않아. 착륙해서 그들이 어떻게 됐는지 봐야 해. 그러니 넌 이 이상한 행성을 보게 될 거야."

코아티의 작은 승객에게는 그게 그다지 기운을 북돋워주는 소식이 아니었는지, 실료빈은 같은 말만 되풀이했다. "우리, 꼭 착륙해야 해?"

"아, 그래. 다른 무엇보다, 도움이 필요한 상황인지도 모르니까."

"도움이라…." 실료빈의 목소리가 거의 씁쓸하게 느껴지는 이상한 어조로 코아티의 말을 되뇌었다.

하지만 코아티는 너무 바빠서 그런 걸 생각할 겨를이 없었다. "네가 떠날 때 그들의 상태는 어땠어, 실료빈?"

"아…." 코아티의 목에서 한숨이 나왔다. "난 뭐가 정상인지 판단할 수 있을 정도로 너희 종족을 잘 알진 못해. 내가 물러날 때 두 인간은 동면에 들어갈 거라는 얘기를 하고 있었어. 그 통신관이 곧

발사될 걸 알았기 때문에 난 서두르는 중이었지. 말했듯이 그 몸에서 나오는 일은 느리게 진행되니까. 내가 이아 감각들에 의존하는 순간, 인간은 인식하기에 너무 큰 존재가 돼버려. 일례로, 난 그들 목소리의 음파를 더는 식별할 수 없었어."

코아티는 두꺼운 대기를 뚫고 조심조심 우주선을 하강시키면서 이 말을 곱씹었다. 우주선의 마찰열 차단 성능이 그다지 좋지 않았다.

"실료빈, 너희는 너희 방식대로 우리만큼이나 많은 기술을 가졌어. 분자 단위에서부터 질량 단위까지 왔다 갔다 한다고 생각해봐!"

"그래. 큰 배움이지. 처음에는 아주 겁이 났어. 방문하는 걸 배울 때 말이야."

"보니와 코의 몸속에 다른 이아들이 있었다고 했지?"

"응…. 하지만 나는 제대로 된 접촉을 못 했기 때문에, 모든 건 다른 이아들이 통제했어. 내가 빠져나온 게 그래서야. 통신관이란 게 있다는 걸 알게 됐을 때 말이야."

코아티가 씩 웃었다. "나, 그거 이해할 수 있어, 실료빈. 하지만 지독한 기회를 잡았구나."

코아티는 요정의 손이 자기 머리를 단호하게 끄덕이게 하는 걸 느꼈다. "넌 날 구해준 은인이야."

"아, 음. 난 몰랐어. 하지만 내가 알았어도 내리라고 했을 거야, 실료빈. 난 널 우주 공간에서 죽도록 내버려두지는 못 했을 거야."

뭐라 말로 표현할 수 없이 따스하고 행복한 느낌이 몸속에 피어나는 것 같았다. 코아티는 이해했다. 자신과 이 작은 외계인 승객 사이에는 진정한 우정이 있었다.

둘이 얘기하는 사이에 녹음기가 계속 짤깍거리며 돌아갔다. 하지만 당연하게도 그 기계는 코아티의 기분을 보여주지는 못할 것이다. 유감이다.

"그냥 기록을 위해서…." 코아티가 형식을 차리며 말했다. "내게는, 음, 이 외계인이 나에게 진실한 우정의 감정을 느끼고 있다고 믿을 만한 주관적인 이유들이 있어. 내 말은, 편리한 대상으로서가 아니라 진짜 나한테 말이야. 나는 이게 중요하다고 생각해. 나도 실료빈에게 동일한 감정을 느껴.”

코카 1호를 착륙시킬 때였다. 코아티는 모든 주의를 기울이며 작은 우주선을 커다란 보급선 위로 몰고 가 그 옆에 깔끔하게 내려놓았다. 귀찮은 일은 하나도 일어나지 않았다. 그렇다는 얘기는, 보급선이 진입했을 때 보니와 코가, 또는 최소한 둘 중 하나는 정말로 상태가 안 좋았다는 의미가 틀림없었다.

대기가 괜찮다는 검사 결과가 나왔지만, 그래도 코아티는 첫 외부 나들이를 위해 우주복을 차려입었다. 출입구가 열리자 처음으로 그 연방 보급선을 제대로 볼 수 있었다.

“트랩이 내려져 있어.” 코아티가 녹음기에 대고 말했다. “그리고, 저기 봐, 출입구가 조금 열려 있어! 좋지 않아. 내가 들어가볼게. 여보세요! 거기 누구 있어요? 아!”

코아티의 목소리가 끊어졌다. 발소리, 문을 끌어당기는 끽끽거리는 소리.

“아, 이런. 엉망진창이야. 트랩에 장갑이 떨어져

있었어. 그리고 안은 아주 오랫동안 치우지 않은 것처럼 보여. 음식 그릇과 카세트들이 보이고, 우주복 한 벌, 아니 잠깐, 두 벌이 갑판에 쌓여 있어. 마치 둘이 막 벗어 팽개쳐놓은 것처럼. 아, 맙소사, 끔찍해. 누군가가 여기 토해놓은 거 같아. 사방에 그 금색 씨들이 널려 있어."

코아티는 동면 상자들과 성인 남자의 몸뚱이가 들어갈 수 있을 만한 곳을 샅샅이 뒤지고 기록하면서 선실을 배회했다. 아무것도 없었다. 그리고 어딘가로 향하던 보급품 상자 하나를 제외하고는 넓은 화물칸도 비어 있었다.

코아티가 밖으로 나오며 말했다. "두 사람을 찾아봐야 할 것 같아. 여기 땅은 토탄처럼 폭신하고 식물이고 뭐고 거의 아무것도 없어 보이는데, 짓밟힌 것 같은 곳들이 군데군데 있어. 저기 넓은 맨땅이 있는데, 질질 끈 흔적이 거기로 이어지는 것 같아." 코아티가 휴대용 장비를 확인했다. "북쪽이네. 대기는 인간이 숨쉬기에 적당하고 산소도 충분해. 헬멧을 벗어야겠어. 자, 난 그들의 흔적을 따라가

볼 거야. 하지만 뭔가 곤란할 일이 생길 경우를 대비해서 이 기록을 먼저 보내는 게 나을 것 같아. 이 기록에는 실료빈의 행성에 관한 내용이 다 들어 있으니까. 이런, 이걸 지표면에서 보낼 수 있으면 좋을 텐데. 대기 밖으로 나가야 할 것 같아. 보급선에 있는 통신관 몇 개를 내 우주선에 갖다 놓아야겠어. 자 시작하자. 이게 지금 당장 할 만한 멋진 일이지."

코아티는 한숨을 쉬고 녹음기를 끈 다음 우주선으로 돌아왔다. 이륙을 준비하면서 아이가 말했다.

"너, 아주 조용하네, 실료빈. 괜찮아?"

"아, 응. 하지만 난, 난 두려워."

"뭐가 두려워? 낯선 행성을 돌아다니는 거? 이봐, 난 크고 사납고 사악한 짐승들과 마주칠 때를 대비해서 휴대용 무기를 갖고 있어. 하지만 여기 주변에 그런 게 있을 것 같지는 않아. 육식동물이 먹을 게 아무것도 없으니까."

"아니… 난 이 행성이 두려워. 난… 네가 발견

해낼 것들이… 무서워."

코아티는 재빨리 궤도를 한 번 돌고 귀환하도록 우주선을 조종했다. "무슨 뜻이야, 실료빈?" 코아티가 별생각 없이 멍하니 물었다.

"코아티, 친애하는 내 친구." 자기 목소리가 자기 이름을 부르는 소리를 들으니 이상했다. "네가 뭔가를 찾을 때까지 기다릴래. 어쩌면 내가 잘못 생각했을 수도 있으니까. 그랬으면 좋겠어."

"으음, 그래, 네가 그러고 싶다면." 코아티는 통신관을 여는 데 정신이 팔렸다. "아, 성가셔. 이 안에도 그 작은 금색 씨들이 들어 있어. 이걸 어떻게 없애지? 이것들을 죽이고 싶진 않아. 이것들이 너처럼 우주에서 살 수 있다고 했었지? 하지만 이것들을 연방 기지에 퍼뜨리면 안 될 것 같은데, 그렇지 않아?"

"맞아! 절대 안 돼!"

"이봐, 너희 씨에 대해서는 미안하게 됐어. 난 그냥 이것들이 여기 관에서 좀 나왔으면 좋겠어. 내가 어떻게 하면 돼?"

"열이야. 고열."

"허…, 아, 알겠다." 코아티는 녹음기를 켜고 자신이 하는 일을 설명했다. "난 이 관을 조리용 가열기에 넣고 120도까지 올릴 거야. 그 정도로는 카세트가 손상되지 않을 테니까… 됐다. 집게로 꺼내고 있어. 이런 맙소사, 열에 가까이 가니까 녹음기에서도 씨앗 두 개가 나왔어. 너희들, 다 나와! 이제 이 기록을 중단하고 카세트를 보내야겠어. 그러고 나서 보니와 코를 수색하러 행성으로 돌아가야지. 코카 1호 통신 종료."

"열처리하길 잘한 것 같아." 코아티는 통신관을 닫고 밖으로 빨려 나가도록 감압실에 두면서 실료빈에게 말했다. "지금 공기가 빠져나가네. 그리고 저기 통신관이 간다! 이렇게 먼 데서도 기지 주파수가 잡혔으면 좋겠는데. 그래, 됐다. 쌈박하군. 저 작은 것이 어디로 가야 할지 알다니. 안녕, 통신관아…. 웃기네, 난 우리가 어디와도 닿기 어려운 아주 멀고 먼 곳에 있는 것 같은 기분이 들어. 우주탐험가가 된다는 건 약간 으스스한 일이기도 하구나."

코아티는 조심스럽게 우주선을 착륙 태세로 전환하면서 생각했다. '난 이제 내려가서 낯선 행성을 걸으며 사람 둘을 찾아다닐 참이야. 그리고 그 두 사람은, 그래, 회피하지 말자. 죽었을지도 몰라….'

"실료빈?"

"응?"

"지금 너라는 친구가 있어서 정말로 기뻐. 이봐, 어쩌면 너희 종족이 할 수 있는 다른 일이 있을지도 몰라. 그러니까, 외로운 우주인들이 긴 여행을 할 때 같이 가주는 거야, 물론 신용은 받아야지!"

"아…."

"그냥 농담이야. 안 웃긴가?"

그들은 곧 행성으로 돌아와 버려진 연방 보급선 옆에 착륙했다. 코아티는 행성용 보호장비를 착용하고 보행용 부츠를 신었다. 밖은 햇빛이 비쳤지만 황량했다. 코아티는 일주일 치 식량과, 땅이 스펀지처럼 축축하긴 했지만, 약간의 물을 챙겼다. 그러고는 녹음기를 어깨에 장착하고 조심스럽게 새 카세트를 집어넣었다.

4

오랜 시간이 지난 뒤에, 코아티의 실종이 공식 선언된 뒤에, 광택이 좀 무뎌진 그 새 카세트가 900번 연방 기지 행정 부관의 손에 들려 있었다. 회의실에 모인 일단의 사람들이 그 카세트의 내용을 들어볼 참이었다.

코아티가 앞서 행성 궤도에서 보낸 통신문이 수 주 전에 연방 기지에 도착했다. 직원들은 실료빈과 이아, 이아드론과 드론, 실료빈의 행성인 놀리안의 온갖 특징들과 보니와 코의 뇌 속에 있었던 실료빈의 짧은 여행에 관한 얘기를 모두 들었다.

연방 기지 직원들로서는 코아티와 그 머릿속 승객이 보니와 코의 빈 우주선이 발견된 이름 없는 행성으로 돌아가는 걸 막을 도리가 없었다. 그리고 지금 회의실에 모인 청중 중에는 연방 기지 소속이 아닌 사람이 한 명 있었다.

첫 번째 통신관이 왔을 때 사령관이 캐스 가족에게 연락을 취한 덕분에 코아티의 아버지가 지금 회의실에 있었다. 그는 핼쑥해 보였다. 분노를 표현하는 단어는 이미 다 써버린 뒤였다. 특히 아무런 구조 작업도 준비되고 있지 않다는 것을 알았을 때.

"참 편리하시군요, 사령관님." 코아티의 아버지가 이죽거렸다. "십 대 여자애한테 불편한 일을 맡기시다니. 실종된 수하들을 찾는 건 당신 책임이란 말입니다. 내 딸을 거기서 데려와 저 빌어먹을 뇌기생충을 제거하는 것도 말이지요. 애초에 그 애가 거기에 가도록 놔둬서도 안 됐어요! 내가 이 건을 고발하지 않을 거라고 생…."

"캐스 씨, 제가 어떻게 따님을 막을 수 있다고 생각하십니까? 따님은 누구와도 상의하지 않고 개인의 자유로운 판단에 따라 수색에 뛰어들었습니다. 따님이 거기 간 것에 대해서 누군가가 비난을 받아야 한다면, 그건 캐스 씨 본인일 겁니다. 귀하께서 사준 우주선으로 귀하의 따님이 어디로 가는지를 통제해야 할 책임은 어느 정도 귀하께 있었습니다. 반면에 저는 제 사람들을 책임져야 하기 때문에, 자발적으로 여행을 떠난 연방 시민을 쫓기 위해 또 다른 우주선을 위험에 노출시키는 건, 제 권한을 넘어서는 일입니다."

"하지만 저 저주받은 외계인은…."

"그렇습니다. 캐스 씨, 좀 심하게 말하자면, 그리고 이 단어가 적당한지는 의문입니다만, 귀하의 따님은 이미 감염됐습니다. 게다가 따님은 그 미세한 생명체들이 아주 활동적인 데다 전염성도 엄청나게 강하다는 증거를 보여주었습니다. 그 외계인들을 처음 만난 보급팀 직원 둘은 아마 이미 사망했을 겁니다. 저는 이제 다들 진정하고 귀하의 따님이 무슨 말을 하는지 들어보았으면 합니다. 귀하의 염려가 근거가 없을 수도 있으니까요."

아버지 캐스는 투덜거리면서도 화를 가라앉혔다.

"이 통신관도 열처리가 됐습니다." 부관이 말했다. "플라스틱에서 열처리 흔적을 볼 수 있습니다. 따라서 우리는 이것을 보낼 때 아이가 정신적으로 안정된 상태였으며, 자신의 우주선 내부에 있었던 것으로 추측할 수 있습니다."

녹음된 통신문이 자잘한 탕탕거리는 소리와 끽끽거리는 소리로 시작됐다.

"출발하기 전에 보코 호를 한 번 더 살펴보기로 결심했어." 코아티의 목소리가 말했다. "어쩌면 쪽지 같은 걸 남겨놨을지도 몰라." 녹음기가 딸각 꺼졌다가 다시 켜졌다.

"난 이곳 여기저기를 뒤져보고 있어." 코아티가 말했다. "쪽지 같은 건 못 봤어. 선실에 맞춰진 홀로그램 카메라가 하나 있지만 꺼져 있어. 그러니까, 이런 걸 보면 분명 연방은 감시하는 걸 좋아하는 거야. 이런 경우를 대비해서 말이지. 선체 바깥도 뒤져봐야겠어."

딸각, 딸각, 녹음기가 꺼지고 켜지는 소리.

"우주선 선수에서 홀로그램 카메라로 생각되는 뭔가를 발견했어. 찰칵거리는 소리가 들리더라고. 근데 저기에 어떻게 닿지? 아, 잠깐, 바깥에서 접근하면 될 거 같아." 녹음기가 꺼지고 켜지는 소리. "앗싸! 잡았어. 저속촬영 모드로 돼 있네. 내 생각엔 여기에 우주선 주변에서 일어난 일들이 찍혔을 거 같아. 이걸 우리 우주선에 가져가서 돌려보자."

녹음기가 꺼지는 소리.

사령관이 불편한 듯 자세를 바꾸었다. "저는 아이가 행성촬영기를 발견했다고 생각합니다. 실종된 두 남성이 그게 거기 있는 걸 알았는지는 모르겠습니다."

"이 통신관에 같이 들어 있는 이 작은 카세트가 그 행성촬영기에서 나온 테이프가 틀림없습니다." 부관이 말했다.

다시 녹음기가 켜졌다. "이거 진짜 작네." 코아티가 말했다. "이봐, 실료빈, 여기에도 너희 씨들이 잔뜩 있어. 씨들이 카세트를 좋아하는 게 틀림없어. 지금 재생기에 넣었어. 자, 나온다. 아, 세상에,

오, 실료빈, 저거 봐!"

"내 고향이야." 이제는 코아티의 성대로 말하는 외계인이라고 분간할 수 있게 된 목소리로 코아티가 말했다. "아, 아름다운 내 고향! 하지만 정말 놀라워, 어떻게 네가…."

"나중에." 코아티가 자기 말을 잘랐다. "나중에 네가 보고 싶은 거 다 볼 수 있을 거야. 지금은 뒤로 돌려서 이 행성과 우리가 찾는 두 남자가 나올 만한 부분으로 가야 해."

"그래, 아, 저기 내 멘토가…."

"아, 굉장해. 진짜 보고 싶다. 하지만 지금은 좀 빨리 돌려야겠어." 빠르게 짤깍거리는 소리들, 뭔가 알아들을 수 없는, 실료빈 목소리가 내는 작은 소리들.

"봐, 지금은 우주선이 비행 중이야. 오랫동안 별이 나올 거야. 다른 것 없이 별밭만." 맹렬한 짤깍 소리들. "맙소사, 테이프가 이렇게 끝나지 않았으면 좋겠는데."

"걱정할 필요 없어요." 부관이 말했다. "이런 장

치들은 빠른 움직임이 있어야 활성화됩니다. 지나가는 별밭처럼 느린 움직임이 있을 때는 한 시간에 한 프레임인가, 아니면 하루에 한 프레임인가, 잊어버렸는데, 어쨌든 그런 정도의 휴식 모드로 돌아가죠. 지나가는 바위나 뭐가 있을 때만 잠시 찍는 간격이 짧아집니다."

"여기 있다." 코아티의 목소리가 말했다. "여기 거대한 노란 항성들이 한 줄로 늘어선 게 보여. 그래, 지금 그들이 이 행성으로 향하는 중인 것 같아. 정확히 알려면 장비가 필요할 거 같지만. 아! 점점 커져. 저거야, 좋아…, 더 가까이, 더 가까이…. 궤도로 들어가고 있어. 하지만 실료빈, 저 화면 출렁거리는 거 좀 봐. 내 장담하건대, 누가 조종을 했든, 정상적인 상태는 아니야. 어, 어어…. 저건 조종사를 교체한 것 같아. 아니면 로켓 모드로 변경했거나. 아, 진짜…. 그래, 무슨 돌 뭉치처럼 진입하고 있어. 그들이 어쨌든 착륙에 성공했다는 걸 알고 있어서 다행이네. 지금은 연기야. 연기 말고는 아무것도 안 보여. 로켓 추진기를 가동했나 봐. 내려

간다…. 불꽃이 보여. 이건 동작을 감지하는 게 틀림없어. 지금은 정지상태야. 하지만 우리로서는 얼마나 오랫동안인지 알 수가 없네. 이게 너한텐 큰 의미가 없다는 건 알아, 실료빈. 하지만 연기가 좀 사라질 때까지 기다려줘. 아! 봐, 저 풍경은 우리 우주선 주변에서 보이는 거야, 그렇지?"

외계인 목소리가 나직이 무슨 말을 중얼거렸지만 알아들을 수 없었다.

"다시 움직여. 저건 트랩 한쪽 가장자리야. 저기 남자 한 명이 나온다. 이제 또 한 명이…, 누가 누굴까? 나, 저 키 크고 호리호리한 사람을 보니라고 부를래. 아, 저런, 맙소사, 둘이 비틀거려. 봐, 둘이 저기 장갑을 떨어뜨렸어. 그리고 저기, 우주선 주변의 탄 자국 바깥에 있는 식물들이 전혀 짓밟히지 않았어. 그럼 지금은 두 사람이 처음으로 밖으로 나온 걸 거야. 아, 보니가 쓰러졌어! 동면 때문에 저런 걸까? 아니면 너무 일찍 나왔다거나? 그런 거 같진 않아. 둘 다 아픈 것 같아. 봐, 코의 얼굴에, 미간 아래쪽에 이상한 데가 있어. 계속 긁고 있어. 둘

다 걸음을 멈추고 주변을 둘러보거나 하지도 않아. 저건 좋지 않아, 실료빈. 지금은 둘 다 불에 탄 곳에 네 발로 엎드려 있어. 아, 내가 저들을 도울 수 있었다면. 저거 봐, 트랩 주변에 금색 구름 같은 거 보여? 너희들 씨일까?"

침묵과 작은 '아' 하는 감탄사들과 중얼거리는 소리.

"이제 둘이 일어섰어. 불에 덴 게 아니라면 좋을 텐데…. 뭐야, 둘이 달리고 있어. 적어도 의도는 그런 거 같은데? 우주선에서 멀어지고 있어. 우리가 본 짓밟힌 곳으로, 지금 화면에서는 멀쩡하지만, 그리로 가고 있어. 아. 보니가… 그리고 코가… 둘이 옷을 벗고 있어! 뭘 하려는 거지? 목욕? 하지만 저기엔 물이 없는데…. 아! 오, 잠깐만, 저거 뭐야! 오, 안 돼! 오! 오, 세상에, 맙소사, 나, 이거 마음에 들지 않아. 난 모든 우주인이 규율에 따라 행동한다고 생각했어. 보급팀들이 섹스를 하는지 몰랐다고!"

"보급팀들은 그러지 않아." 사령관이 으르렁거

려서 모두가 깜짝 놀랐다.

코아티의 목소리가 더듬듯이 이어지자 회의실 내부가 전반적으로 동요했다. "음, 저건 이상해. 난 저거 별로 보고 싶지 않아. 학교에서 본 우리 시연팀들처럼 행복해 보이는 표정이 아니야. 허, 저 사람들은 자기가 뭘 하고 있는지도 잘 모르는 것 같아. 저 표정은 미친 것 같아. 뭐야, 한 명이 소리를 지르거나 비명을 지르는 것처럼 입을 벌렸어. 둘 다 끔찍해 보여. 누가 이걸 들을지 모르겠지만, 미안해요. 나쁜 말을 하지 않았으면 좋겠지만, 이건 이상해. 이건 추악한 것 같아. 당장 멈췄으면 좋겠어. 아, 안 돼…." 아이의 목소리가 뭔가 항의라도 하듯 떨렸다.

"오, 오, 오…." 하지만 아이의 다른 목소리는 이제 대놓고 흐느끼기 시작했다. 녹음기 속 목소리가 혼란 탓에 흐릿해졌다. "실료빈! 무슨 일이야? 어떻게 된 거야?" 그리고 다른 목소리가 이어졌다.

"아, 난 두려워, 아아, 무서워, 아, 코아티, 이건 끔찍해."

“그래, 이건 추악해. 저건 인간이 제대로 짝을 짓는 방식이 아니야, 실료빈.”

“아니.” 실료빈의 목소리가 말했다. “내 말은 그런 뜻이 아니야. 내 말은 우리가…. 오, 아….” 그리고 실료빈이 다시 흐느꼈다.

“실료빈, 들어봐!” 코아티가 외계인의 눈물을 삼키며 말을 잘랐다. “난 네가 나한테 말하지 않은 뭔가를 알고 있다고 생각해! 당장 뭐가 그렇게 두려운지 나한테 말해, 아니면 내가… 내가 내 머리를 세게 쳐서 널 떨어내버릴 거야. 볼래? 이봐, 아앗! 이게 대체…. 실료빈, 너, 날 아프게 하고 있어. 나, 나는 네가 절대….”

“아, 미안해.” 외계인의 목소리가 신음했다. “스… 스스로에게 해를 가하겠다는 네 말을 듣는 순간 공황 상태에 빠져버렸어….”

“또는 ‘너’에게 해를 가하겠다는 말을 듣고 그런 거겠지, 응? 이거 봐, 어쩔 수 없이 그래야 한다면, 난 큰 고통도 참을 수 있어. 저 사람들한테 무슨 일이 벌어지고 있는 건지, 지금 당장 말해. 봐, 둘이 다시 쓰러졌어. 말해!"

"저건, 저건 어린 것들이야."

"어린 뭐?"

"어린 이아 말이야, 우… 우주선에 있던 씨에서 나왔어."

"하지만 넌 저 사람들 각각에 성장한 이아가 들어 있다고 했잖아. 그들은 네가 나한테 해준 것처럼 씨를 떨쳐내주지 않은 거야?

"그 이아들은…. 아, 코아티, 내가 말했지, 그 이아들이 아주 늙었다고. 그들은 분명 죽었을 거야. 그리고 씨들이 저 사람들 속으로 들어갔을 테고. 난 먼저 있던 이들이 쇠약해지는 걸 봤어. 내가 무서워져서 나온 게 그래서야. 인간들이 동면에 들어가기 전에…. 아, 코아티, 너무 끔찍해. 나, 마음이 너무 안 좋아. 씨들이 들어가서, 부화했어. 그것들이 부화해서 어린 것들이 된 거야. 멘토도 없이, 훈련시켜줄 이 아무도 없이. 저 어린 것들은 야생동물이나 마찬가지야. 저것들은 자라. 저것들은 먹어, 무엇이든 먹어. 그리고 숙주가 동면에 들어갔을 때 어린 것 중 일부가 성장한 게 틀림없어. 선생님도 없이, 아무도 훈육해줄 이 없이. 아, 씨와 포자들이 숙주를 찾으리라는 걸 먼저 있던 이아들도 알았어야 했어. 씨와 포자들은 먼저 있던 이아들이 너무 늙은 걸 알았을 거야. 하… 하지만 누구도 그 여행이 얼마나 오래, 얼마나 멀리 갈지 알 수 없었으니까. 엄청나게 오래 걸릴 수도 있다는 느낌이 올 때쯤에 나는 뭔가 나쁜 일이 일어나리라는 예감이 들었어. 하지만 난… 난 아무것도 할 수 없었어. 늙은 이아들한테 얘기해봐야 아무 소용이 없을 거 같았어. 그래서 나는… 나는 도망쳤어.” 외계인이 흐느끼는 바람에 코아티가 끅끅거렸다.

“으음….” 코아티가 긴 한숨을 내쉬었다. “아, 신이시여, 불쌍한 사람들. 네 말은 그 어린 것들이 저 둘의 뇌를 먹어 치웠다는 거야?”

“그… 그래. 두렵지만 그런 거 같아. 저 인간들을 드론으로 여긴 거지. 아니, 더 나빴을 거야. 선생님들이 없었으니까.”

“그리고 저 섹스 건은, 그런 짓을 하게 만든 건

성숙한 이아들이었어?"

"맞아! 아, 그래. 저 이아들은 야생동물이나 마찬가지야. 우리는 그 충동을 엄격하게 통제하도록 교육받아. 우린 서로를 지켜보거든. 완전한 이아가 되려면 많은 훈련을 거쳐야 해. 나조차도 훈련을 다 받은 건 아니야. 아, 이런 꼴을 보느니 차라리 우주 공간에서 죽는 편이…."

"아, 아니야. 기운 차려, 실료빈. 네 잘못이 아니야. 우주 공간에 익숙하지 않은 사람이 거리가 얼마나 될지 파악하기란 사실상 불가능에 가까우니까. 그 이아들은 아마도 네 나라에서 하던 긴 여행 같을 거라고 생각했겠지. 아, 봐, 둘이 일어섰어. 맙소사, 서로를 붙잡았어. 다리를 제대로 가누지 못해. 아마 운동중추가 나갔나 봐. 둘이, 둘이 북쪽 길로 올라가고 있어. 저 때는 아직 길이 없지만. 저들이 길을 만들고 있어, 마구 짓밟으면서…. 실료빈, 우리가 갈 곳이 저기인 것 같아. 이 영상에 그들이 돌아오는 장면이 찍혀 있지 않다면 말이야. 금방 끝나. 카메라가 멈춘 지점까지 거의 다 왔으니까.

이게 얼마나 오래전에 찍힌 건지 알 수 있다면 좋겠는데. 태양이 약간 달라 보이고, 식물들 색깔도 그렇지만, 카메라 때문일 수도 있어. 이걸 빨리 돌려봐야겠어. 실료빈, 불쌍한 내 친구, 그만 울어. 네 잘못이 아니야."

녹음기가 재빨리 짤깍거리는 소리.

"없어, 없어." 코아티의 목소리가 말했다. "여전히 아무것도 없어. 둘은 돌아오지 않은 거 같아. 없어…. 잠깐, 저건 뭐지? 아, 맙소사, 이거 진짜 깨네. 저건 우리 우주선이 착륙하는 장면이야. 이런! 난 우리 모습을 보고 싶진 않은데, 넌 어때? 카세트를 꺼내고 출발하자."

짤깍.

회의실에서 부관이 잠시 재생기를 멈췄다.

"여기까지, 다들 이해하셨죠?"

툴툴거리듯이 동의하는 소리들이 들렸다.

"저는 이 내용이 아이의 머릿속에 든 지적 생명체 종족의 잠재력을 새로이 조명해준다고 생각합니다." 군의관이 말했다. "저는 아이가 한 열처리가 이 통신관, 또는 앞서의 통신관을 완전히 청소해주지 못했을 경우에 대비하여, 우리 모두가 금색 가루 입자처럼 보이는 건 뭐든 주의 깊게 살펴봐야 한다고 생각합니다. 아이가 선제적 예방조치를 취한 건 아주 현명한 판단이었습니다."

군의관이 말을 마치기도 전에 사령관이 불을 더 밝혔다. 각자의 몸을 살펴보며 상상의 금색 점들을 떨어내느라 사람들 사이에 숨죽인 들썩거림이 일었다.

"맙소사, 통신관 하나만큼의 씨가 이곳에 풀렸다는 생각만 해도, 게다가 아무도 모르는 사이에!" 외계학자가 중얼거렸다. "흠… 보코 호는…."

"그렇습니다." 사령관이 외계학자의 생각을 알아차렸다. "보코 호가 이륙했다는 신호라도 받게 된다면, 우리는 어려운 결정을 내려야 할 것입니다. 그 씨가 우주선 선체 외부에도 붙어 있을 수 있으니까요. 음, 우리가 직면할 문제가 무언지, 계속 들어보는 게 최선이겠지요."

"맞습니다." 부관이 천장 조명을 끄고 다시 재생

기를 켰다.

“우리는 지금 보니와 코가 남긴 흔적을 따라 북쪽으로 가고 있어.” 코아티의 목소리가 말했다. “대략 5킬로미터 정도 온 것 같아. 흔적이 아주 뚜렷해. 식물인지 뭔지 모르겠지만, 바닥에 깔린 것들이 아주 섬세하고 연약하기 때문이지. 내가 보기에, 동물들이 밟고 다니며 뜯어먹으라고 생긴 것들은 아니야. 하지만 이 길이 방금 생긴 것 같지는 않아. 새싹들이 나 있으니까. 동물이나 새는 전혀 보이지 않고, 식물처럼 생긴 것들과 가끔 총알처럼 휙 스쳐 가는 곤충만 보여. 여긴 상당히 춥고 고요하고 이상한 곳이야. 땅은 거의 편평하지만, 난 우리가 위에서 얼핏 봤던 그 호수들 쪽으로 향하고 있다고 생각해.”

“실료빈은 그 두 사람에게 생긴 일에 너무 충격을 받아서 말도 별로 하지 않으려고 해. 난 그 애 잘못이 아니라고 계속 말했어. 한 가지는 분명해. 성숙한 이아라면 우리 인간들에게 그 씨들에 관한 면역조치를 따로 해줘야 한다는 생각을 못 할 거라는 점. 실료빈 말로는, 당연히 인간들도 자기들처럼 그 씨들에 대한 면역조치를 스스로 취할 수 있다고 판단할 거래. 우리가 너무 완벽해 보이기 때문에. 이아들로서는 온전한 동물이 우리처럼 단독으로 태어날 수 있다는 생각을 할 수 없으니까. 그리고 그 우주선만 봐도 인간들이 대단해 보일 테고…. 우리한테는 거칠고 강력한 것들이 너무 많지. 이아들로서는 그런 인간이 드론만큼이나 허약하다는 생각을 절대 할 수 없을 거야. 실료빈, 내가 우리 종족들에게 하는 말 듣고 있어? 누구도 네가 잘못했다는 생각은 단 일 분도 하지 않을 거야. 제발 기운 차려, 불쌍한 내 친구. 이 원시적인 툰드라인지 뭔지에 혼자 있는 건 끔찍하게 외로운 일이라고."

"네가 내 목숨을 구해준 뒤로…." 실료빈의 목소리가 애처롭게 중얼거렸다.

"아…, 아아! 들어봐, 이봐, 실료빈, 너도 내 목숨을 구해줬어, 맙소사. 너, 몰랐어?"

"내가? 어떻게?"

"그 통신관 말이야, 친구. 그건 씨들로 가득했

어, 기억나? 네가 없었더라면! 네가 목숨을 걸고 그 통신관에 붙어 있지 않았더라면, 그래서 네가 나한테 달라붙은 씨들을 쫓아주지 않았더라면, 난 보니나 코와 똑같이 됐을 거야. 어린 것들이 내 뇌를 먹어 치웠겠지. 이제 좀 기운이 나? 너도 네 손으로 내 목숨을 구했어, 실료빈, 이젠 어때? 여보세요?"

"여보세요…. 아, 친애하는 코아티 캐스…."

"그래야 실료빈답지. 이봐, 난 이제 오늘치 도보 여행을 끝낼까 해. 부츠가 발에 딱 맞질 않는 것 같아. 저기 앞에 작은 언덕이 있어. 저기 바닥이 좀 더 마르지 않았을까? 발로 밟아서 땅을 좀 다진 다음에 가방을 내려놓고 방충망을 쳐야겠어. 저 총알벌레들한테 들이받히긴 싫거든. 여기 태양은 질 것 같지 않아. 분명 지금이 여름이거나 그렇겠지. 지축이 크게 기울어져 있는 거야." 코아티가 킬킬 웃었다. "한밤중에도 해가 떠 있는 땅이 있다는 말만 들었는데! 이제 내가 그걸 보게 되네. 지금까지 자기도 모르는 길을 가고 있는 코아티 캐스였습니다.

통신 종료."

"귀하의 따님은 정말 놀라운 여성이군요, 캐스 씨." 사령관이 사려 깊게 말했다.

캐스 씨가 툴툴거렸다. 좀 더 유심히 그를 살핀 사령관은 아버지 캐스의 눈이 젖은 걸 보았다.

통신 기록이 계속 재생되면서 잠에서 깬 코아티가 뭐라고 중얼거리는 소리가 들렸다. 코아티는, 아니, 그 둘은 아무 일 없이 푹 잔 것 같았다.

"좋아, 이제 출발이야. 이봐, 실료빈, 네 기분이 좀 나아졌으면 좋겠어. 흐느끼는 버드나무를, 아 그건 슬픔에 잠겨 무기력해진 인간을 뜻하는데, 하여튼 그런 걸 끌고 이 사악한 행성 표면을 천지 사방 돌아다녀야 하는 나를 좀 생각해줘. 그건 그렇고, 아는 노래 없어? 나 노래하는 거 진짜 좋아하는데."

"노래?"

"아, 이런. 음, 그게 뭔지 알려주려면 내가 뭔가를 해야겠지? 하지만 우리 청취자들이 굳이 그걸 들을 필요는 없을 거 같아."

딸각.

잠시 후에 아이의 목소리가 다시 돌아왔다. 피곤한 목소리였다.

"우린 지금 열여덟 시간째 걷는 중이야." 코아티가 말했다. "계보기에 따르면 우리는 우주선에서 육십일 킬로미터를 왔어. 아직도 발자취가 분명하게 보여. 우리는 극지 만년설에서 남쪽으로 뻗은 어느 빙하의 날개 쪽으로 다가가고 있어. 낮게 깔린 구름이 보여, 아, 그 사이에 무지개들이 떴어! 축소형 날씨 예보판 같네. 실종된 남자들은 똑바로 저기를 향해 간 것 같아. 실료빈은 그 씨들에 본능적으로 차가운 곳을 찾아가는 향성이 있다고 했어. 적당히 춥기만 하면 씨들이 아주, 아주 오랫동안 살 수 있다고 해. 아주, 아주 오랫동안 이 행성 근처로는 아무도 오면 안 된다는 생각이 들어. 좋아, 전진."

녹음기가 꺼지고 켜지는 딸각거리는 소리.

"바로 정면에 빙하 가장자리와 눈더미가 보여. 그 둘을 본 것 같아. 내 말은, 그들의 시체를…. 빙하 밑에서 차가운 바람이 불어와. 냄새가 지독해."

딸각, 딸각.

"그들을 찾았어. 아주 안 좋아." 녹초가 된 듯한 목소리였다. "내가 할 수 있는 건 다 했어. 둘은 얼어붙은 거 같아. 둘은 이 얼음 가장자리 밑으로 기어들어 왔어. 이곳은 땅에서 떨어진 동굴처럼 돼 있고 벽에는 빛이 들어오는 진녹색 틈들이 있어. 내가 보기로는, 공격을 받거나 하지는 않은 것 같아. 하지만 둘 다 비공이 있는 코 위쪽에 커다랗고 흉한 구멍이 나 있어. 둘의 성을 몰라서 바위에다 그냥 '보니와 코, 연방을 위해 일한 900번 연방 기지의 용감한 우주인들'이라고만 썼어. 아, 여기 비슷한 바위 면에 글자 같은 게 있어. '위허ㅁ. 우ㄹ 감염되. 치명저.' 아이가 쓴 것처럼 철자가 엉망이야. 내 짐작으로는 그… 그 어린 이아들이 둘의 뇌를 계속 먹어 치웠던 거 같아. 그리고 이곳 눈 위에 금색 먼지처럼 사방에 씨들이 뿌려져 있어. 씨들 위로 그림자가 지면 구름처럼 위로 떠 올라. 실료빈은 이것들이 그 어린 이아들이 만든 새로운 씨와 포자들이라고 해. 그 남자들이 짝짓기할 때 그것들도 짝짓기를 했고, 그 남자들이 여기까지 걸어오는 동안 씨들이 자란 거지. 어쨌든 저 얼굴에 난 구멍들은 새로운 씨들이 큰 덩어리 또는 물줄기처럼 밖으로 튀어나온 지점이야. 난 유리 헬멧을 벗고 씨들을 살펴봤어. 그 금색은 씨의 외피 또는 보호막이야. 실료빈 말로는 밖에서 그걸 뚫고 들어가는 건 거의 불가능하대. 씨들 간에도 큰 차이가 있어. 몇몇은 아주아주 크고 단단해 보여. 다른 것들은 빈껍데기에 가까워. 실료빈이 숙주를 놓고 경쟁할 때 큰 것들이 다른 것들을 이길 테고, 제일 먼저 이긴 큰 것이 모든 걸 장악할 거래." 한숨 소리.

"어디 보자, 다 말했나? 아, 얼굴에 난 구멍은 그것 때문에 사람이 죽을 만큼 치명적으로 보이진 않는다는 점도 덧붙여야 할 것 같네. 사인은 분명 내부에서 벌어진 일이야. 떨어질 때 생긴 긁힌 자국과 멍 말고 다른 상처는 전혀 보이지 않는 것 같아. 둘은… 둘은 서로의 손을 잡고 있었어. 내가 둘의 자세를 고쳐주긴 했지만 그건 바꾸지 않았어.

이제 다 된 것 같아. 여기서 자고 싶은 생각은 없어. 난 오늘 밤 가능한 한 멀리, 우주선 쪽으로 가려고 해. 밤은 아니지. 여기, 해가 지지 않는다는 얘긴 했지? 하지만 붉그스름하게 빛나는 아주 예쁜 색깔들이 나타나. 실료빈은 너무 비탄에 빠져서 전혀 말을 하지 못해. 뭔가 급작스러운 일이 일어나지 않는다면, 보고는 여기서 끝이야."

부관이 재생기를 눌러 껐다.

"그게 다인가요?" 누군가가 물었다.

"아, 아니요. 저는 그저 다들 지금까지 잘 들으셨는지, 더 필요한 건 없는지 확인하려고요. 다들 연방 보급선 직원 둘의 상황을 충분히 이해하셨습니까? 아니면, 군의관 선생님, 돌아가서 다시 들어볼까요?"

"고맙지만, 지금은 괜찮아요." 군의관이 말했다. "저는 많은 수의 배아를 형성하려면 많은 에너지가 필요했고, 그래서 둘이 마지막으로 걷는 동안에 그 기생충들이 더 많은 영양분을, 갈수록 더 많은 양의 뇌 조직과 혈액을 소비했다고 추측합니다. 정확한 사인에 대해서 말하자면, 외상성 상해와 저체온증, 영양실조, 혈액 손실의 복합적 요인이라 할 수 있겠지요. 아니면 그 기생충들이 생명을 유지하는 데 필수적인 뇌 조직들을 공격했을 수도 있고요. 우리가 직접 보기 전에는… 음, 아마 알 수 없을 것 같군요. 말을 마치겠습니다."

"다른 분 안 계십니까?" 부관이 기자회견 사회라도 보듯이 말했다.

코아티의 아버지가 애매하게 목청을 가다듬는 소리를 냈지만, 별말은 하지 않았다. 다들 차마 꺼내지 못하는 중요한 질문이 있다는 느낌을 받으면서도 아무도 입을 열지 않았다.

"아, 계속하게, 프레드." 사령관이 말했다.

"알겠습니다."

"우리는 우주선으로 돌아와 쉬는 중이야." 코아티의 목소리가 말했다. "실료빈, 정말 오래도록 조용하구나, 괜찮아? 아직도 그 어린 것들이 한 짓 때문에 영 마음이 안 좋아?"

"아, 그래."

"음, 그냥 생각하지 마, 친구. 내가 할 수 있으면 너도 할 수 있어. 한번 해봐."

"그래…."

"노력하고 있는 소리가 아닌데? 이봐, 연방 기지로 돌아가는 길 내내 머릿속에 우울하고 음침한 널 담고 갈 수는 없잖아. 난 미쳐버릴 거야. 동면을 하면서도 말이야. 조금만 더 기운을 낼 수 없을까? 우리, 노래 부를 때는 재미있지 않았어? 무엇보다, 그 인간들 일은 이미 끝난 일이야. 다 끝났어. 네가 할 수 있는 일은 아무것도 없어."

연방 기지 회의실에서는 코아티의 아버지가 아주 오래전에 자신이 딸에게 해줬던 충고 한 자락을 알아듣고 눈을 깜박이며 눈물을 삼켰다.

"그리고 우리는 뭔가 유용한 일을, 실제로 정말 값진 일을 했어. 너와 나만이 이 행성에서 안전하니까 말이야. 그러니 우리는 누가 됐든 앞으로 여길 둘러볼지도 모를 사람들의 생명을 살린 거야."

"으음…."

"아이의 말이 맞습니다." 사령관이 말했다.

"물론, 인간의 생명에만 해당하는 말이긴 하지만, 네가 슬퍼하는 것도 인간 때문이니까, 그렇지 않아, 실료빈? 그러니 정말로, 모든 게 공정해. 그리고 보니와 코, 저 두 사람은 앞서 네 행성에서 정말로 좋은 시간을 보냈잖아. 이봐, 고향에 돌아가면 얼마나 기분이 좋을지 생각해봐. 놀리안 풍경을 보면서 가면 네 기분이 좀 나아질까?"

"응…. 아, 난 모르겠어."

"실료빈, 너 정말 대책이 없구나. 아니면 뭔가 다른 신경 쓰이는 게 있어? 난 갈수록 뭔가 있는 느낌이 드는데…. 어쨌든, 우리가 여기서 할 수 있는 일은 다 했어. 난 코카 1호를 이륙시킬 거야. 보니와 코가 마지막으로 작업한 항해도 카세트들도 수습했어. 지금 이 테이프랑 같이 통신관에 넣을 거야. 선수 카메라에서 나온 작은 카세트도. 그 사람들 소지품 중에 값비싼 게 있을 것 같지는 않아. 그 보급선 출입구를 닫고 '출입 금지' 팻말을 걸어놨어. 만약 연방 기지 사람들이 그 보급선을 회수하려면 화염방사기를 가지고 들어가야겠지. 아니면 이아와 같이 들어가거나. 개인적으로 보기에는 그런 위험을 무릅쓸 만한 가치는 없는 것 같아. 씨들이 바깥에도 있을 수 있고, 그 우주선을 끌고 가는 곳마다 남을 수도 있으니까.

이봐, 내가 쭉 생각해오던 게 하나 있는데 말이야, 이게 그 '잃어버린 정착지'를 초토화시킨 역병일 수도 있지 않을까? 씨들이 우주에서 날아왔다면 말이야. 이 드넓은 노란 항성계 구역 전체가 위험할 수도 있겠어. 아, 맙소사. 이 무슨 충격적인 생각이람. 아, 언젠가 우리가 직접 그걸 확인해볼 수 있지 않을까? 실료빈, 집에 돌아가서 잘 쉰 다음에 말이야, 나와 다시 여행을 가지 않을래? 물론 사람들이 허락해줘야겠지만. 난 사람들이 허락해줄 거라고 확신해. 그 씨에 면역이 된 대원은 우리뿐일 테니까! 계속 걱정하게 될 우리 부모님만 불쌍하지.

부모님 하니까 생각나네. 아마 아버지가 연방 기지에 연락을 했을 텐데…, 누가 제 아버지와 어머니에게, 물론 수신자부담으로, 전 무사하고, 이제 집으로 돌아가는 중이라고 좀 전해주세요. 그래 주시면, 정말 정말 고맙겠어요. 우리 집은 카이만 항구에 있고, 자세한 주소는 거기 기록에 다 적혀 있어요.

실료빈, 우리가 할 수 있는 일이 하나 더 있어. 우리 부모님을 만나보는 건 어때? 그럼 가족이 뭔지 배울 수 있을 거고, 놀리안에 돌아가서 훌륭한 멘토가 될 수 있을 거야. 부모님도 널 만나고 싶어 할 거야, 내가 알아…. 그렇겠지? 좋아. 이제 우주선을 이륙시킬 거야."

딸각. 딸각.

"우린 이륙했어, 그리고 난 연방 기지로 돌아가는 첫 번째 구간 경로를 입력하고 있고. 어휴, 저 노란 항성들 진짜 예쁘네. 하지만 실료빈이 여전히 겁에 질려 있어. 우리가 행성에서 본 것들 때문일 리가 없어. 실료빈, 난 네가 나한테 말하지 않은 뭔가가 있는 게 확실하다는 느낌이 들어. 대체 뭐야?"

"아, 아니야, 나는…."

"실료빈! 이봐, 넌 내 뇌로 생각하고 있어. 난 뭔가 감지할 수 있다고! 앞으로 둘이서 뭘 해보자는 얘기를 할 때마다 난 왠지 모를 슬픔에 푹 빠지는 것 같은 기분이 들어. 그리고 네가 입을 닫고 있을 때는 뭔가 큰 것이 꿈틀대는 것 같은 느낌이야. 나한테는 말해줘야 해, 실료빈. 대체 뭐야?"

"나는… 아, 나, 정말 부끄러워!"

"거봐, 뭔가 숨기는 게 있었어! 뭐가 부끄럽다는 거야? 나한테 말해, 실료빈. 아니면 나는… 나는 우리 둘을 두들겨 팰 거야. 말해!"

"부끄러워." 작은 목소리가 같은 말을 반복했다. "난 두려워, 난 두려워. 내가 받은 훈련이… 어쩌면 나는 내 생각처럼 그렇게 완전하게 발달한 게 아닐지도 몰라. 난 멈추는 법을 모르겠어…. 아아아." 코아티의 목소리가 울부짖었다. "내 멘토가 여기 있다면!"

"응?"

"느낌이 왔어. 아, 친애하는 코아티 캐스, 이게 점점 커져. 억제할 수가 없어!"

"뭘 말이야? 뭔가 본능의 발작 같은 게 일어난다는 말은 아니겠지? 그 짝짓기에 관련된 거야?"

"아니야. 음, 어쩌면, 그럴지도. 아, 난 말할 수…."

"실료빈, 넌 말해야 해."

"안 돼. 다 괜찮아질 거야. 훈련받았던 걸 다 되살려서, 평소의 나로 돌아갈 거야."

"실료빈, 이런 말은 끔찍하게 들리겠지만, 현실을 직시해. 넌 혼자야. 여긴 너밖에 없어. 넌 짝짓기를 할 수 없어. 네가 걱정하고 있는 게 그거라면 말이야."

"나도 알아. 하지만…."

"그럼 됐어. 우리가 빨리 갈수록 연방 기지에 더 빨리 도착할 것이고, 그러면 너도 더 빨리 집으로 출발할 수 있을 거야. 난 먼저 한숨 잘 생각이었지만, 네가 곤란한 상황이라면 그냥 바로 동면에 들어가는 편이 낫겠지. 너도 잠을 자보지 않을래? 자고 나면 기분이 나아질 수도 있어."

"아, 안 돼! 오, 안 돼! 추위는 안 돼! 추위는 우리를 자극해."

"그래, 그걸 잊어버렸네. 하지만 봐, 난 그 몇 광년 동안을 내내 깬 채로 살아 있을 순 없다고!"

"안 돼, 동면은 안 돼!"

"실료빈, 실료빈 씨. 지금 당장 몽땅 실토하는 편이 좋을 거야. 대체 두려워하는 게 뭐야?"

"하지만 난 확신하지 못…."

"넌 며칠씩이나 우울할 정도로 확신하고 있어. 이제 네 친구 코아티에게 정확하게 네가 두려워하는 게 무엇인지 말하는 거야. 크게 숨을 들이쉬고…, 자, 내가 너 대신 해줄게. 그리고 말해. 당장!"

"그래야겠지." 작긴 하지만 새삼 단호한 어조로 외계인이 말했다. "너한테 얘기했는지 모르겠네. 이아가 혼자 있을 때 짝짓기 주기가 닥쳐도, 우리는 여전히 재생산이 가능해. 너희 표현을 쓰자면 포자를 통해서야. 포자는 모체와 완전히 동일할 뿐, 씨와 똑같아. 이아는 혼자 포자를 키워서 네가 봤던 씨처럼 낳을 수 있어. 그러고 이아는 다시 예전의 자신으로 돌아가." 고민거리를 털어놓는다는 안도감 때문인지 지금 실료빈은 폭포처럼 말을 쏟아놓고 있었다. "물론 그런 경우는 아주 드물어. 당연하게도 그런 느낌이 시작될 때 그걸 멈추도록 배우기 때문이야. 나는… 나는 예전에 그런 충동을 느낀 적이 없어. 그런 충동이 들면 당장 멘토를 찾아서 멈추는 법을 지도받아야 해. 아니면 멘토가 어린 것들을 찾아서 멈추는 법을 알려주기도 해. 하지만 내 멘토는 너무 멀리 있어! 난 이게… 이 느낌이, 그 충동이 시작된 게 아니길 계속 바랐어. 하지만 사라지지 않아. 갈수록 강해져. 아, 코아티, 친애하는 내 친구, 난 너무 두려워, 너무 무서워….” 목소리가 끊기더니 요란한 흐느낌이 터져 나왔다.

코아티의 목소리가 천천히 말했다. “아, 어휴. 네 말은, 네가 그 짝짓기 뭐시기에 사로잡힐까 봐, 그래서 내 머릿속에 포자를 만들까 봐 두렵다는 거지? 그리고 그것들이 구멍을 낼까 봐?”

“그, 그래.” 누가 봐도 외계인은 괴로워하고 있었다.

“잠깐만. 그러면 넌 술에 취한 인간처럼 미쳐서 원래의 네가 아니게 되는 거야? 아, 그걸 알 수 없는 거구나. 하지만 넌 저 훈련받지 않은 어린 것들처럼 행동하게 돼? 내 말은, 그러면 넌 어떤 일을 하게 돼?"

"나는 아마, 맹목적으로 먹을 거야. 아아아아…, 날 혼자 남겨두고 동면에 들어가지 마!"

"음, 음. 난 생각을 좀 해봐야겠어."

딸각. 부관이 재생기를 멈췄다.

"저는 우리가 이 젊은 여성의 딜레마를, 그리고 이 외계인의 딜레마를 제대로 이해하기 위해 잠시 시간을 가지는 게 좋겠다고 생각합니다."

외계학자가 한숨을 쉬었다. "그 충동, 또는 주기는 분명 그다지 드물지 않게 일어나는 걸 거예요. 어린 개체들에게 그것과 싸울 수 있도록 교육을 하는 걸 보면 말입니다. 불행하게도 조절이 가능한지는 멘토의 존재 여부에 달려 있습니다. 하지만 그 충동이 성장을 위해 거쳐야 할 정상적인 단계 또는 부분이라고는 판단되지 않습니다. 그보다는 우발적인 사건에 가까워 보입니다. 저는 훈련받지 않은 어린 개체에 감염된 두 인간 남성의 사례를 보고 아이의 뇌 속에 든 개체의 충동이 촉발되지 않았을까 생각합니다. 이아들이 자기들 원시 구조의 일부라 여기는 충동을 그 경험이 자극한 겁니다."

"저들이 얼마나 빨리 이아들의 행성, 뭐였죠, 놀리안? 거기에 갈 수 있을까요?" 누군가가 물었다.

"제가 보기에는, 아무리 빨라도 방법이 없습니다." 사령관이 말했다. "저 애가 뭔가 영웅적인 수단을 동원해 동면하지 않고 우주비행을 한다 해도 말입니다."

"애한테서 그걸 제거해야 해!" 코아티의 아버지가 갑자기 말했다. "필요하다면 두개골을 열어서라도 그걸 끌어내야 해! 누가 그 애한테 가서 수술을 할 순 없습니까?"

그는 부정적인 침묵과 맞닥뜨렸다. 좋든 싫든 그들이 듣고 있는 아이의 시간은 이미 오래전에 흘러갔다.

"그 외계인은 떠날 수 있다고 말했습니다." 부관이 평을 하듯 말했다. "둘이 그 해결책을 생각해내는지 한번 보지요." 그리고 다시 재생기를 켰다.

부관의 말에 화답이라도 하듯 코아티의 목소리가 울렸다. "난 실료빈에게 그 충동이 지나갈 때까지 나한테서 나가서 어디 편안한 곳에 잠시 머물 수 있는지 물어봤어. 하지만 그 애 말로는…, 사람들한테 말해줘, 실료빈.”

“저는 한동안 몸을 빼려고 계속 시도해봤어요. 초기에는 아주 쉽게 그렇게 할 수 있었죠. 하지만 지금은 제 물리적 존재의 가닥들이 코아티의 뇌 속에… 분자 속으로… 이게 맞나요? 원자 구조 속으로 너무 깊숙이 뚫고 들어가 있어요. 그래서 일부라도 떨어져 나오려고 시도해봤지만, 한 부분을 떼어내면 앞서 떼어낸 부분이 다시 융합돼버렸어요. 저… 제가 이 기술에 대한 지도를 받았을 때는 제가 훨씬 작았을 때예요. 코아티와 같이 있으면서 전 엄청나게 자란 것 같아요. 제가 아는 걸 다 시도해봤지만, 아무것도 듣지 않아요. 아, 아, 누군가 절 도와줄 다른 이아가 있다면! 전 무슨 일이든 할 거예요. 저 자신을 반으로 쪼개는 한이 있어도….”

“그야말로 저주받은 암 덩어리로군.” 코아티의 아버지가 으르렁거렸다. 그는 어린 외계인에게 아무런 동정심도 느끼지 못했다. 그에게 그 지적 생명체는 오로지 자기 아이를 위협하는 요소일 뿐이었다.

"하지만 친애하는 코아티 캐스, 난 그러질 못해. 그리고 지금은 더는 착각이 아니야. 이 끔찍한 충동을 포함한 내 원시적인 부분이 자꾸 자꾸 커지고 있어. 내가 온 힘을 다해 싸우고 있는데도 말이야. 곧 이게 날 압도할까 봐 두려워. 네가 뭔가 할 수 있는 건 없을까?"

"내가 너한테 할 수 있는 건 없어, 실료빈. 뭐가 있을 수 있겠어? 하지만 말해봐, 이 모든 사태가 지나고 나면, 그리고 네가, 음, 내 뇌를 다 먹어 치우고 나면, 넌 다시 보통 때의 너로 돌아가 괜찮아지는 거야?"

"오, 내가 널 살해했다는 걸 알면서 절대 괜찮을 수는 없어! 친구를 죽이다니! 내 삶은 끔찍해질 거야. 내 동족들은 날 받아줄지 모르지만, 나 스스로는 그럴 수 없어. 이건 진심이야, 코아티 캐스."

"흐음, 그렇군. 생각 좀 해볼게." 녹음기가 딸깍 꺼졌다가 다시 켜졌다. 코아티의 목소리가 돌아왔다. "음, 상황은 이래. 우리가 연방 기지로 돌아가는 계획을 계속 밀어붙인다면, 그곳에 도착했을 때 난 좀비가 돼 있거나 이미 죽었을 거야. 그리고 넌 몹시 불행해져 있겠지. 그리고 우주선에는 포자들이 가득할 거야. 내가 우주선을 착륙시킬 수는 없을 테지만, 아마 누군가가 어떻게 해서든 착륙시키겠지. 그리고 이 우주선을 연 사람들이 네 포자에 감염될 테고, 상황이 밝혀질 때쯤에는 이미 수많은 인간이 죽어 나갔을 거야. 그리고 아무도 널 네 행성에 데려다주고 싶어 하지 않을지도 모르지. 으."

외계인의 목소리가 코아티를 따라 '으'라고 말했다.

"대신에 우리가 곧바로 놀리안으로 간다면, 아무리 최선을 다한다고 하더라도, 넌 포자들을 만들었을 테고, 그것들이 내 뇌를 먹어 치웠을 테니, 내가 우주선을 착륙시켜 널 내보내줄 수가 없겠지. 그러니 넌 죽은 인간 하나와 수많은 포자와 함께 갇힌 채 영원히, 신만이 아실 어딘가로 계속 날아갈 거야. 누군가가 도중에 우주선을 잡아채지 않는다면 말이야. 만약 누군가가 우주선을 사로잡는다면, 또 다른 시나리오가 생기겠지…. 실료빈, 추측은 더 못하겠어. 내가 아는 건 이 우주선이 곧 비행하는 시한폭탄이 된다는 것뿐이야. 이아가 아닌 뭔가 다른 생명체가 가까이 다가오기만을 기다리는 시한폭탄."

"그래. 잘 요약한 거 같아, 코아티, 친애하는 내 친구." 작은 목소리가 슬픈 어조로 말했다. "아!"

"뭐야?"

"나, 강한 충동을 느꼈어. 너… 너를 아프게 하고 싶은 충동이었어. 겨우 막긴 했지만… 아, 코아티! 도와줘! 난 난폭한 짐승이 되고 싶지 않아!"

"실료빈, 귀여운 내 친구…, 네 잘못이 아니야. 어떻게 할까? 할 수 있을 때 뭔가 작별 인사 같은 걸 해놔야 하지 않을까?"

"알겠어…, 알았어."

"실료빈, 친애하는 내 친구, 무슨 일이 일어나더라도 우리가 정말 좋은 친구였다는 걸, 같이 모험을 했다는 걸, 그리고 서로의 생명을 구해줬다는 걸 기억해줘. 그리고 네가 나한테 뭔가 나쁜 일을 해도 나는 그게 진짜 네가 아니라는 걸 안다는 사실을 기억해줘. 그건 우리가 너무 달라서 생기는 사고일 뿐이야. 나는… 나는 이렇게 깊이 사랑한 친구가 없었어, 실료빈. 그러니 안녕, 그리고 가능하다면 이 모든 걸 기쁘게 기억해줘."

흐느끼는 소리. "아, 안녕, 친애하는 코아티 캐스. 난 이 불길한 충동이 흐르는 내 존재 전체가 너무 슬퍼. 너와 친구가 된 덕분에 난 전엔 꿈꾸지도 못했던 밝고 따뜻한 시간을 보냈어. 내가 살아남는다면, 내 종족에게 인간들이 얼마나 선하고 진실한지 말해줄 거야. 하지만 그런 기회가 올 것 같지는 않아. 어떤 식으로든 난 너와 함께 생을 마칠 거야, 코아티 캐스. 무엇보다, 난 인간들에게 더 이상 문제를 일으키고 싶지 않아."

"실료빈…." 코아티가 생각에 잠겨 말했다. "같이 가겠다는 그 말이 진짜라면, 방법이 하나 있어. 너, 진심이야?"

"그, 그래. 진심이야."

"우리에게 생긴 일도 그렇지만, 문제는 우리 우

주선이 누구에게든 위협이 될 거라는 점이야. 인간이 됐든 누가 됐든, 우주선을 손에 넣는 누구에게나 말이야. 그런 일이 생기게 하지 않는 것이 우리에게 남겨진 일종의 의무 같지 않아? 난 정말로 좀비가 돼서 돌아다니고 싶지 않아. 저기 바깥에 예쁜 노란 항성이 보여. 저 행성에 있을 때 밤낮으로 봤던 그 항성 말이야. 우리를 기다리는 것 같지 않아?"

"코아티, 무슨 말인지 알겠어."

"물론, 하고 싶었던 많은 일들이 있어. 너도 그렇겠지. 어쩌면 이건 크… 큰 건일지도 몰라…."

재생기가 지직거리는 소리를 냈다.

"뭔가가 삭제됐습니다." 사령관이 말했다.

소리는 1, 2분 후에 코아티의 목소리와 함께 정상으로 돌아왔다. "…다 들을 필요는 없어. 중요한 건, 우리가 결심했다는 거야. 그러니… 아야! 아아아… 아얏! 뭐지?"

"코아티!" 작은 목소리가 비명을 지르는 것 같았다.

"코아티, 더는 버티지 못해, 난 제정신을 잃고 있어! 내 안의 뭔가가 널 아프게 하고 싶어 해. 네가 하는 일을 멈추려고, 널 동면에 들어가게 하려고. 난 무서워, 아, 날 용서해줘, 용서해줘….”

“아야! 이봐, 난 널 용서하지만, 아, 아얏! 잠깐만, 잠깐만 멈춰! 이봐, 우리 경로만 입력하고, 그러고 나면 바로 동면 상자로 뛰어들게. 난 컴퓨터에 설정을 해야 해. 이해하려고 노력해봐.”

외계인이 알아들을 수 없는 소리를 냈다. 그러더니, 모두 깜짝 놀랄 일이 일어났다. 틀림없는 어린 인간의 목소리로 콧노래를 부르는 소리가 회의실 안을 가득 채웠다.

“저 곡 알아요.” 수석 컴퓨터 담당자가 갑자기 입을 열였다. “오래된… 잠깐, 맞아요. 저건 ‘태양의 심장 속으로’라는 곡이에요. 저 아이는 미치광이 기생충을 자극하지 않으면서 우리에게 자신이 무엇을 하려는지 알려주려는 거예요.”

“주의 깊게 들어보는 게 좋겠습니다.” 부관이 하나 마나 한 소리를 했다.

잠시 후에 그 목소리는 나지막하게 노래 한 소절을 불렀다. 그랬다. 그 가사는 이랬다. “태양의 심장 속으로….” 노래 끝에 날카로운 소리가 터져 나왔다. “이봐, 실료빈, 제발, 그거 좀 하지 말아줘.”

“노력하고 있어! 노력하고 있다고!”

“우린 가능한 한 빨리 동면에 들어갈 거야. 날 아프게 하지 마, 이 도플갱어야! 아니면 내가 실수를 해서 널 튀긴 포자 꼴로 만들 수도 있으니까…. 아아아악! 실료빈, 아마추어치고, 너 상당히 악랄한데.” 그 목소리는 애써 진짜 고통의 울부짖음을 감추려는 것 같았다. 사령관은 아주 오래전 젊은 의무병으로 참전한 ‘마지막 전쟁’ 때에 돌봤던, 상처 입은 순찰병들을 떠올렸다.

“우주선이 강한 중력장을 관통하는 일이 없도록 ‘프리빌라이저를 다시 구골레이트’ 해야 해.” 코아티가 말했다.

“그런 일이 일어나길 바라진 않겠지, 그렇지 않아?”

코아티의 목소리가 스스로에게 으르렁거렸다. “서둘러.”

“저건 오래된 난센스 문장이에요.” 컴퓨터 담당자가 소리를 높였다. “‘프리빌라이저를 구골레이트

하다'라는 말 말이에요. 저 아이는 자동비행 보조 장치를 끈다고 우리에게 알려주는 거예요. 아, 착하기도 하지."

"그리고 이젠 이 통신관을 내보내야 해. 너도 여기엔 관심이 있지, 실료빈. 여기에 네가 했던 모든 유용한 일들이 다 담겨 있으니까. 그리고 난 먼저 이걸 열처리해야 해. 아, 아야… 제발 날, 실료빈, 제발 날, 나를…."

조리용 가열기인 듯한 기구를 거칠게 조작하는 소리와 간간이 날카롭게 울리는 코아티의 비명 소리가 들렸다. 코아티의 아버지가 의자 손잡이를 너무 꽉 쥐는 바람에 끽끽거리는 소리가 났다.

"좋아, 이제 저 커다란 노란 항성이 상당히 뜨겁고 밝게 느껴지네. 저것 때문에 걱정하지는 마. 가까이 다가가면, 우리는 전체 비행 구간을 절약하게 될 거야. 이게 우리가 마지막으로 할 만한 멋진 일이지. 한루한, 봤어? 자, 난 이물의 블라인드를 내릴 거야. 그리고 이제 보니와 코의 카세트들이 통신관에 들어가… 아야! 그리고 그 보급선 카메라에서 나온 작은 카세트는 어디 있지? 실료빈, 네 원초적인 존재한테 그렇게 찔러봐야 그저 내 행동이 굼떠질 뿐이라고 좀 전해줘. 어디 있지, 제발…. 아, 여기 있다. 그리고 씨들이 나오고… 내 말은, 씨가 여기 안에도 있었다는 거야. 으아, 통신관이 뜨거워! 그리고 이제 작별 인사를 하고, 이 녹음테이프를 통신관에 넣고, 동면 상자에 기어들어 갈 시간이야. 이 중력에서도 기지의 주파수가 통신관을 이끌어갈 수 있으면 정말 좋겠어. 다시 생각해보니, 남은 시간 동안 우리가 어디로 가는지 보고 싶기도 해. 고통을 견딜 수 있는 한도 내에서, 난 가만히 버티며 지켜볼 생각이야."

카세트를 조작하는 시끄러운 소리들.

"안녕, 모두들. 부모님께, 아, 정말 사랑해요, 엄마, 아빠. 연방 기지의 누군가가 설명해드릴 거예요. 아악! 아… 아… 난 더는…. 이봐, 실료빈, 작별 인사하고 싶은 누구 있어? 네 멘토?"

혼란스러운 소리들, 그러더니 희미한 소리가 말했다. "응…."

"실료빈을 기억해주세요. 이 애는 정말 대단해요. 이 애는 인간을 위해서 이런 일을 하고 있어요. 외계인 종족을 위해서 말이에요. 이 애는 날 막을 수도 있었어요, 정말이에요…. 안녕, 모두들."

요란한 소리. 그리고 재생기는 침묵했다.

"한루한이라…." 고요한 가운데 외계학자가 나직이 말했다. "한루한은 거문고자리 작전 때 있었던 소년의 이름입니다. '이게 내가 마지막으로 할 만한 멋진 일이지.' 한루한은 그런 말을 남기고 사람들을 구조하러 뛰어들었다가 죽었어요."

사령관이 목청을 가다듬었다. "캐스 씨, 우리는 해당 구역을 확인하기 위해 정찰대를 보낼 예정입니다. 하지만 유감스럽게도, 저는 코아티 씨가 항성에 뛰어들어 전염성 위험물인 자신과 자신의 승객과 우주선을 제거하려 했던 계획에 실패했다고 믿을 만한, 또는 그렇다고 희망할 만한 이유가 없다고 봅니다. 통신문의 마지막쯤에 보면 아이가 항성의 열기를 느낄 정도로 가까이 다가가 있었고, 이 통신관이 불과 그 며칠 전에 보낸 이전 통신관보다 이곳에 당도하는 데 훨씬 오래 걸린 것은 그 항성 중력의 영향인 게 분명합니다. 더욱이 코아티 씨는 자동비행 모드로 설정된 우주선이 항성과 충돌하지 않도록 방지하는 예방기능을 일부러 껐습니다. 캐스 씨, 타인에게 엄청난 해를 끼칠 수 있는 두렵고도 고통스러운 딜레마 상황에서 귀하의 따님은 용감하고 명예로운 길을 선택했습니다. 우리는 마땅히 코아티 캐스 씨에게 감사해야 한다고 생각합니다."

침묵. 모두가 빛나는 어린 목숨의 갑작스러운 죽음을 놓고 묵묵히 생각에 잠겼다. 두 개의 빛나는 어린 목숨이었다.

"하지만 당신은 아이가 통신관을 보낼 때 살아있고, 잘 있다고 말했잖습니까." 코아티의 아버지가 최후의, 혼란스러운 항의를 내비쳤다.

"선생님, 저는 코아티 캐스 씨가 정신적으로 건전한 상태이며, 자기 우주선 안에 있었을 거라고 말씀드렸습니다." 부관이 그의 기억을 되살렸다.

"그 애 어머니가 여기 오지 않은 게 천만다행

이지….”

“코아티 캐스 씨가 향한 항성을 식별할 수 있겠습니까?” 사령관이 항해도 담당자에게 물었다.

“아, 그럼요. 보코 좌표들은 정확합니다.”

“그러면, 다른 의견이 없다면, 저는 그 항성에 적절한 이름을 붙여 새 천문력에 실어야 한다고 생각합니다.”

“코아티 별.” 통신 담당자가 말했다. 사람들이 나가려고 일어섰다.

“코아티와 실료빈 별.” 코아티의 아버지가 조용한 목소리가 말했다. “벌써 잊은 건가요?”

“캐스 씨, 제 생각에는 잠시 혼자 있고 싶으실 듯합니다.” 사령관이 코아티의 아버지에게 말했다. “저를 보고 싶으시면 언제든…, 저는 사무실에서 기다리고 있겠습니다.”

“감사합니다.”

사령관은 부관을 이끌고 나가 좁은 내실 식당에서 말없이 점심을 먹었다. 코아티가 보낸 통신문을 들으러 회의실에 들어가기 전에 사령관의 머릿속에 있던 할 일 목록에 이제 '언제, 어떻게 이아들과 접촉할 것인가'라는 문제가 추가되었다. 장래성이 큰 그 노란 G0형 항성들 주변 우주 공간에 퍼진 씨나 포자의 위험도를 어떻게 판단할 것인가, '잃어버린 정착지' 구역을 격리하는 문제는 어떻게 할 것인가, 앞서 온 통신관들에서 나온 씨가 연방 기지 내부에 있을 가능성은 또 어떤가. 또 실료빈이 코아티에게 면역력을 줄 때 사용했던 화학물질의 견본을 얻는 일이 다소 시급해 보이기도 했다. 하지만 이런 실용적인 고민을 떠나서, 어린아이의 쾌활한 콧노래를 배경으로 한 어떤 영상 하나가 그의 머릿속을 떠나지 않았다.

두 아이의 윤곽이 보였다.

하나는 인간이고 하나는 인간이 아닌 두 아이가 손에 손을 잡고 낯선 태양의 지옥불 속으로 흔들림 없이 돌진하고 있었다.

〈끝〉

옮긴이 **신해경**

서울대 미학과를 졸업하고 KDI국제정책대학원에서 경영학과 공공정책학 석사과정을 마쳤으며 서울대 미학과 대학원에 재학 중이다. 생태와 환경, 사회, 예술, 노동 등 다방면에 관심이 있으며, 《집으로부터 일만 광년》, 《캣피싱》, 《야자나무 도적》, 《사소한 기원》, 《사소한 정의》, 《사소한 칼》, 《사소한 자비》, 《식스웨이크》, 《고양이 발 살인사건》, 《플로트》, 《글쓰기 사다리의 세 칸》, 《저는 이곳에 있지 않을 거예요》, 《풍경들》 등을 번역했다.

마지막으로 할 만한 멋진 일

초판 1쇄 발행 2023년 11월 20일

지은이 제임스 팁트리 주니어
옮긴이 신해경
펴낸이 박은주
디자인 김선예, 이수정
마케팅 박동준
인쇄 탑프린팅

발행처 (주) 아작
등록 2015년 9월 9일 (제2023-000057호)
주소 07236 서울특별시 영등포구 의사당대로 38 102동 1309호
전화 02.324.3945-6 **팩스** 02.324.3947
이메일 arzaklivres@gmail.com
홈페이지 www.arzak.co.kr

ISBN 979-11-6668-747-1 03840

책 값은 표지 뒤쪽에 있습니다.
잘못 만들어진 책은 구입하신 서점에서 교환해 드립니다.